新潮文庫

王の厨房

僕僕先生零

仁木英之著

目次

【第一章】最後の獲物 7
【第二章】蟠桃の星火煮 55
【第三章】壁の間、人の国 86
【第四章】王の満足 142
【第五章】禁断の一皿 205
【第六章】真の美味 272
【終章】 308

王の厨房

僕僕先生 零

第一章　最後の獲物

1

月の無い夜を眠れずに過ごしているうちに、風の気配が変わった。

冷たく乾いた風の中に、微かに命の息吹を感じる。これを探して、もう何日も荒野をさすらった。数人の仲間たちはまだ疲れ果てて眠っている。

「私たち非力な人間に恵みをもたらして下さる神仙にお祈り申し上げます。我らと家族に、命を永らえるだけの獲物を与えて下さい」

大きな体を曲げて膝をつき、頭を地面にこすりつけて狩人の長《おさ》、辺火《へんか》は祈った。

この世は神仙と呼ばれる、尊く力ある存在がおつくりになったものだ。人はその恵みによって生かされ、災いによって傷つけられる。恵みを得るには、災いから逃れるには、祈るしかない。

一心に祈りを捧げていると、何かが近くで動く気配がした。

「起きていたのか」

仲間の一人、厨師《ちゅうし》の剪吾《せんご》が体を起こした。

「飯炊きより早く起きるなんて、感心だな」

そうにやりと笑うが、目は笑っていない。

「炊く飯がなければ、遅くまで眠れるなんて思ったこともあったが、つまらぬものだ。言っておくが、昨日で食料は切れたよ」

飯の準備を任されている剪吾は疲れた声で言い終えると、ばたりと体を倒した。

「すまんな」

この狩りの旅を率いている辺火は力なく頭を下げた。

「獣だって生きてるんだ。喰われたくはないさ。捕まえれば奴らが死んで俺たちが生きる。できなきゃ死ぬ。それだけのことだよ。辺火が悪いんじゃない」

「神仙に祈ったよ。今日こそは獲物に恵まれますようとな」

「獣たちも祈ってるだろうよ。今日も捕まりませんようにとね」

皮肉を言いたくなるのも無理はなかった。彼らは、村に残された食料をかき集めて、狩りに出ていた。剪吾は狩りに出ることに反対していた。その食料をもっと獲物や水に恵まれた土地を探すために使う、という案を蹴ったのは長の辺火であった。

「いや、責めてるわけじゃないぞ」

剪吾は肘枕で辺火に向き直った。

「長がそう決めたんだ。死ぬも生きるも、それこそ天地や神仙だけがご存知というわけさ」

彼は村の長として、一番の戦士として、誰にも謝ったことがない。誤りを認めたこともない。謝罪をするくらいなら戦って己の正しさを証明してきた。誤りを認めるくらいなら、己の判断が正しいことを皆が納得するまで血と汗を流した。

彼の村は、常に獲物に恵まれて豊かだった。腹が減って呻くこともあれば、病で老弱がばたばたと倒れることもあったが、長の自分が豊かな川、草原を見つけて新たな住みかとすれば、再び村は栄えるようになったものだ。

だが、今度の天変はこれまでとは違った。

「神仙が争っておる」

村の占い師はそう言った。

「そんな馬鹿なことがあるか」

辺火は初め鼻で笑っていた。彼ら人からすると、神仙ははるかに遠い存在である。天地を作り、司り、自在に変化させるのは神仙の力である。人の命を握り、生殺を左右する。遥かな高みにいながら、どこにでも存在して自分たちを見ている。

人は神仙を畏れ敬わなければならず、怒りを買うようなことは決してしてはならない。

人に対しては時に横暴にすら振る舞ってきた辺火も、神仙が住まうという洞の前を通る時は息を潜めたし、集う場所とされている大木の前では頭《こうべ》を垂れた。もちろん、一族に加護を与えてくれるという最高の神仙、黄帝《こうてい》への供物は絶やしたことはない。

なのに、である。

村人は飢え死にしかけている。

「占い師のばあさんの言ってることはあながち嘘じゃないのかも知れないな」

「神仙の世界で争いが起きて俺たちの面倒を見る暇がないってことか。ばかばかしい。神仙は人の祈りを受けて恵みを与えるためにいらっしゃる」

辺火は語気を強めた。これまで祈りを捧げて悪かったことなどない。占い師の老女を通じて下される啓示によって、村は何度も危機から救われてきた。

「だがあのばあさん、何があっても諦めるなとも言ってたぞ」

「当たり前だ。諦めるもんか」

それにしても、仲間たちが起きてこない。辺火は一人の肩を揺らした。起きろ、と声をかけてもやはり目を開かない。

「おい！」

他の者たちも、やはり同じだった。安らかな顔をして眠っているが、呼吸をしていない。首筋に手を当てても、拍動を感じなかった。

「食わなければ、体は熱を失っていく。熱を失えば、人は生きていけない」

そう言う剪吾が横たわっているのも、休んでいるわけではない。体を起こしていられないからである。だが、辺火だけはまだ辛うじて立ち上がる力を残していた。仲間たちは、辺火と腕はともかくとして、体力にはほとんど変わりがない。なのにどうして、仲間たちが先に逝ったのかと考えて、はっと何かに気付いた。

「剪吾、お前まさか……」

食事を司る男は小さく笑みを浮かべた。

「食い物が数日で尽きることは目に見えていた。このあたりは食える木の実も草の根もない。もっと言うと食える類《たぐい》の虫すらいない。獲物がなければ、いずれ全員が死ぬ。だから死ぬ順序を決めたんだ」

「勝手なことをしおって！」

「皆で決めたのだから、勝手じゃないぞ。村の仲間たちの命はお前に託す。最後に死ぬのはお前と皆で決めた」

自分に力が残っている理由がはっきりした。辺火は怒り、剪吾の胸倉を摑んで殴ろうとした。だが、幼い頃から何度も殴り合いの喧嘩を繰り返してきた親友の体に全く活力が残っていないことに衝撃を受け、そっと地面に下ろした。

「お前にそんな風に優しく扱われるようになっては、もうおしまいだな」

乾いたくちびるで剪吾は呟いた。

「おしまいにするのは早い」

「そんな口は獲物を俺の目の前に突き出してからきけ」

「ああ、言ってやるとも。血の滴る、最高の肉の塊を持ってきてやる」

そうかよ、と剪吾は懐の中からひと束の干し肉を手渡した。

「これが最後だ」

受け取った辺火はしばらくその干し肉の束を見つめ、立ち上がる。

「剪吾、俺が帰ってくるまで死ぬなよ」

「ああ、仲間を葬るにも一人じゃ手が足りないからな」

辺火は狩りに使う槍と弓矢を携え、仲間たちのもとから出発した。だが、やはり獲物はいない。気づけば時間は経ち、空に太陽が凶暴なほどに輝いている。振り返れば、陽炎の中に揺らめいて仲間たちと夜を過ごしたあたりはもう見えない。

じりじりと突き刺すような陽光が、大地にも跳ね返って苦しい。これほど気候が悪くなったのはそんなに前のことではない。それまでは、苦しいながらも村が全滅するというほどではなかった。

自分たちの祈りが神仙に届き、彼らの恵みが天地に行き届き、自分たちも生かされている。狩りをして獣たちの命を奪って生かされているだけに、なおさらそう思ってきた。

だが、天地と人と神仙の間で巡っていた何かが、止まった。

占い師の言った神仙の争い、というのが気になる。人間などは足元にも及ばぬ存在である彼らが、喧嘩などするのか？

神仙は不老不死であるという。病にもかからぬし、飢えもしないという。なんと不公平なのか。自分たちの一族は、仲間たちは腹を空かせ、病に苦しんでいるというのに。

それでも、辺火は何とか心を鎮めようと努めた。

獣は正直だ。狩人の心に乱れがあれば、敏感に感じ取る。命のやりとりの中で、追う者の心が揺れていれば、その揺れに乗じて逃げ去ってしまうのだ。

失敗は許されない。

かつて、この辺りには大きな野牛の群れがいた。その数は膨大で、到底人が食いつくせるようなものではなかった。人々はそのほんの一部を狩るだけで、十分生きていくことができた。草原が広がり、湖や沼が日を受けて輝き、川には魚が満ちていたものだ。

だが、その気配はない。あちこちに、骨になってしまった牛や鹿の死体が転がっている。虚ろな眼窩を見て、辺火は体を震わせた。その姿が仲間たちに重なる。

視界の隅で、何かが動いた。

この際、肉が付いていれば何でもいい。そんな思いでそちらにゆっくりと体を向ける。

大きな影が、うずくまって何かを食《は》んでいる。

「そこにいろよ……」

くちびるが乾いてくる。狩りを前にして緊張するなど、少年の時以来である。その時から、剪吾とは共に狩りに出ていた。自分が狩って、村に持って帰った食材が、彼の調理によって見事に変身する。

腰の帯に結わえた干し肉を咥える。肉に塩をして干しただけなのに、他の人間が作るのとは別格の味がするのだ。

「どう料理していいか困るくらいの肉を持って帰ってやるからな、剪吾……」

槍を構え、そっと近づいていく。影に近付くに連れて、血の臭いが濃くなった。もちろん、風下から近付いていくから、その獣の臭いがする。やけに血なまぐさいのは、その獣が肉食であることを示している。

肉食の獣は肉の臭みも強く、硬い。だが、今はそんなことを気にしている場合ではない。枯れた木々の向こうにある影を見て、辺火は息を呑んだ。草原で出会ってはならない、獣の王の姿がそこにあった。

2

喁《アギ》というのは何でも喰らう凶暴な獣であった。

象のように大きく、熊のように強く、狼のように狡猾だ。その牙は獣の骨を易々と砕き、その爪は大木の幹をなぎ倒してしまう。さらに悪いことに、爪牙《そうが》には強い毒が含まれていて、少しでも掠れば人は一瞬にして死ぬ。

普通、狩人は喁を獲物としない。狙うには危険すぎるからである。だが、今はそんなことは言ってられない。辺火は風下からゆっくりと近づいていく。喁の肩や腕の動きから、この獣もようやく獲物にありついたばかりであることが見て取れた。

肉と骨を咀嚼《そしやく》する音が微かに聞こえる。近づくほどにその姿の巨大さが明らかになってきた。辺火も見たことがないほどの、大きな喁だ。

「神仙に感謝します。もしこの恵みが我がものとなれば、その半ばと、これまでにない祈りを天地に捧げることを誓います」

そう心の中で唱えた。

弓を構える。喁には毒の爪牙があるが、こちらにも毒の矢がある。貴重な毒草、白羅《びやくら》の根から作ったものだ。これなら虎でも一発で仕留められる。

辺火は膝を立てずとも強弓を射ることができる。物陰に隠れたまま、弓を引き絞ると、矢を離した。矢は鋭い風音と共に的に吸い込まれ、その一瞬後に大地が揺れるような咆哮が吐き出された。

「剪吾によく煮込んでもらえ、よ！」

やおら立ち上がって槍を投げる。喁は背中にこそ剛毛を生やしているが、腹の方はまだ柔らかい。これまで身を隠していたのを敢えてさらしたのは、相手の弱点をこちらに向けさせるためであった。

槍の穂先にももちろん毒は塗ってある。大抵の獣ならこれで倒せる。だが、喁の腹に突き立つかに見えた槍は、その巨大な爪に叩き壊された。次の瞬間、今度はこちらが喁の標的になったことを思い知らされる。

牙の端から赤い涎を垂らしているのは、先ほどまで餌に在りつけていたからだ。同じくらいに赤く血走った眼には激しい殺意と喜びと、そして活力が漲っている。

距離をとろう、と辺火は走り出した。毒矢が効くまでにそれほどの時間はかからないはずだ。喁は巨体の割には足が速い。それでも鍛え抜かれた狩人である辺火は、そう簡単に追いつかれない自信があった。

ちらりと振り返ると、喁の胸元に何かが光っているのが見えた。その光に一瞬気をとられてしまった。足を止めて見入った時には、喁の爪の下に組み伏せられていた。

こっちが獲物になっちまった……。

辺火は絶望が全身を包んでいくのを感じた。この狩りの前に、卦《け》を見てくれた占い師の言葉が脳裏に甦る。

「諦めの中でも強い想いを保て。そこに希望が現れるだろう」

だが、もはや何を強く想えというのか。爪が首を摑む。一気に喉を切り裂かれるのかと思いきや、息苦しくなるような力を加えてくるのみで、すぐには殺そうとしない。

毒が効いてきたのか、とそこに希望を抱こうとしたが、喁が倒れる気配はなかった。それどころか、別の咆哮が聞こえる。喁はもう一つの声が来るのを待っているかのようであった。

逃げるには今しかない。だが山刀は喁の巨体の下にあり、矢を射ようにも弓は遠くへ飛ばされ、腕の一本は折れている。

もう一匹の喁は、どうやら自分を押さえこんでいるものの子どもであるようだった。甘えるような仕種で頭をこすりつけている。こんな獣でも、親子の情愛はあるのだ。

村に残してきた妻と子のことを思い出した。

自分が死ねば、彼らもやがて死ぬだろう。いや、自分は死んだっていい。永遠の苦痛の中に落とされてもいい。皆を助けてくれ。と必死に祈った。だが祈りは届かない。奇跡は起こらない。

喁は子どもにまず自分を喰わせようとしているようであった。猛獣が死にかけの獲物を子どもに渡し、狩りの訓練をさせることは辺火も知っていた。

幼少とはいえ、それでも辺火の倍近くある体の大きさだ。幼獣は初めて見る餌にいきなりかぶりつくような真似はしない。己の牙や爪の鋭さを理解するまで弄《もてあそ》んだ後、喰いにかかる。

そして、ためらいがちに出された爪こそ、辺火の狙っていたものであった。跳ね起きて腕をとると、肩で巻きこんで肘の関節をへし折る。鈍い音がした後しばらくして、魂が飛ぶような絶叫が幼獣から放たれた。

背中に回り、首に腕を回す。どれほど大きかろうと、獣である以上空気を吸い、心臓を動かして生きている。そのどちらかを止めれば、命を奪える。幼獣は暴れ、辺火を振り落とそうとするが、辺火は死んでも離さぬと首を絞め続ける。

村の最後の希望を消しやがって。祈りが届かないのならば、せめてお前に最高の絶望を与えてやる。辺火は恨みの一念だけで、幼獣を絞め、喝を睨みつけていた。

怒り、悲しみの中でこちらの様子を窺っていた獣が急に足を止めた。やがて、

「狩人よ」

と話しかけてきたのである。

あまりの驚きに、辺火は腕の力を抜きそうになった。

「お前、人の言葉が話せるのか……」

「話しているのではない。魂に直接、語りかけている」

この凶暴な獣のどこにそんな力が籠められているのか。だが、一方でこちらを油断させる罠ではないかという警戒も解いてはいない。

「何故、お前は我らを狙う」

喁はそう問うてきた。

「お前たちが他の獣を追うのと同じ理由だ。答えるまでもない」

「お前たちが糧とする獣は、この一帯ではほとんど尽きた。いま我が捕えた鹿が、最後の一頭だ。これを喰らえば、この野にいる鹿は滅びる」

「滅びるとわかっていて何故喰らう」

「一刻でも長く生きるためだ」

「それは俺たちだって同じだ。だから貴様ら喁が強敵だと知っていても、狩るのだ」

「我らを狩れば、この一帯の喁も滅びる」

「お前を喰らえば、俺の村は数日生き延びることが出来るんだ」

「だが、数日だ」

辺火は苛立ってきた。引き延ばしに乗っては危険だ。

「この子どもを放して欲しければ、ここから立ち去れ」

「話の仕方を間違っている」

驚いたことに、喁は笑った。

「辺火よ、お前は条件を出すのではなく、出されるのだ」

口調に余裕はあるが、その巨体がふらつきだしていた。毒は間違いなく効いている。

「毒矢の効き目に期待しているようだが、我ら喁は何でも喰らう。毒虫も喰らえば、当然白羅の根も口にする。この矢は効かぬよ。お前がしなければならないのは、我を脅すことではなく、命乞いだ」

喁は背中に刺さった矢を抜き取ると、二つに折ってほうり投げた。

「くそ」

「やけになるな」

喁は宥《なだ》めるように言うと座り込んだ。最初は凶悪に見えた顔が、まるで村の古老のように穏やかに変わる。こんな獣がいるのか、と辺火は目を瞠《みは》る思いだった。

「我が肉はくれてやる。お前の命も助けてやる」

さらに奇妙なことを言った。

「その代わり、一つ頼みがある。お前が殺しかけているその子を、見逃して欲しい」

喁の胸元にある石が光を放っている。そして辺火は奇妙なことに気付いた。喁の胸元についた鹿の肉片が、その石に吸い込まれていくのである。まるで、石が肉を喰らっているようであった。

「我は既に、死んでいた。この子を生《な》して間もなく、病を得てしまった。子を残して死にたくない。もちろん、多くの獣や鳥がそう思いつつも命を落としていくのを知っている。我とて、そういった獣を襲い、殺し、糧としてきた」

だが、喁は懸命に祈った。自分はどうなってもいい。この子が育って自らを養えるようになるまで、命を保たせてくれ、と。

その時に、喁の前に現れたのがその石であるという。

「全てを捧げるなら願いを叶えてやろう、と石は言った。この願いだけは、必ず……」

喁の巨大な体ががくん、と震えた。殺気も理性もなくなり、命を失った大きな肉の塊となっていく。喁は倒すべき獣ではなく、感謝すべき食料となった。その前に、小さな石の欠片《かけら》が落ちている。

石がしゃべる、と喁は言っていた。願いをかなえてくれる、とも。振り返ると、喁の子が肩を落として母だったものの死骸を見つめていた。

「持ち主の身を生《い》け贄《にえ》に願いを聞き届けてくれるなら、何もいらない。何の験《しるし》もない神仙なんかよりずっとありがたい。俺にも力を貸してくれ。どの道、このままでは死ぬんだ」

言え、と促されたような気がして、辺火は続ける。

「俺のもとに集う者が神仙などの力を借りずとも飢えぬようにしてくれ」

承諾を示すように、石は赤い光を放った。

――何もいらん、と言ったな。

――人としての心、息子を想う気持ちも全て失う覚悟はあるか。

辺火は頷く。逃げ去っていく喁の子には目もくれず、ただ石の光に魅入られていた。

3

若竹を短剣で器用に削り、銀の髪を風になびかせた青年が釣竿を作っている。空には太陽神の員《いん》が光の馬車を駆って東から西へとゆっくりと動いて行く。

「とんだ目に遭ったね」

光の馬車から声がする。眩しすぎて直視することは出来ないが、彼はふっと口から霧を吐き出して頭上に掲げる。それを通すと、馬車の上から少年が顔を出しているのが見えた。

「君の姿は雨でも降りそうな曇り空って感じだよ。もっとも、僕は雨を見たことがないけど」

拠比《きよひ》は自分の肩が落ち、背も丸まっているのに気付いて威儀を正した。

「員からは俺たちの失態がよく見えただろうよ」

「見えた見えた」

太陽神はにこにこと笑って頷いた。

「拠比ともあろう者があれほど慌てふためくのを見たのは、初めてだったよ」

「からかうのはやめてくれ」

拠比はため息をついて上げた顔を戻した。

「拠比ともあろう者、なんてもういないんだよ」

老君《ろうくん》が産み、その老君の子たる三聖、炎帝《えんてい》、黄帝、西王母《せいおうぼ》が育てているのがこの天地である。だが、神仙の力が増すことによって、天地の調和は乱れ始めていた。黄帝は『人』というものを作り、その祈りの力によって天地を維持しようとしていた。

一方で、拠比の主・炎帝の考えは異なっていた。天地開闢《かいびゃく》の際に老君が用いた、あらゆる力の源泉『一』。ばらばらになって天地と融合したこの『一』の欠片をすべて探し当て、その力によって調和を取り戻そうとしたのだ。そして、拠比が主君から命じられたのは、『一』の欠片を集め、持ち帰ることであった。まず、『一』を探し当てるための鏡を作る旅に出たのはいいが、そこで拠比は大きな壁にぶち当たった。

空腹で、ろくに動けないのである。元々、高位の神仙である拠比は、食事など必要としなかった。だが、黄帝の作った『人』について知るためと炎帝に命じられ、人と同じ身体となった。結果、神仙としての力は弱まり、日毎食事をしなければ、その弱った力を維持することも叶わなくなった。

しかし、怪我の功名もあった。炎帝と黄帝の関係は次第に悪化した。黄帝は互いの領域を行き来できなくする「壁」を作って神仙の交流を阻んだものの、人となった拠比はこの「壁」をすり抜けることができたのだ。拠比はあらゆる失せ物を探し当てる力を持つ神仙・導尤《どうゆう》に会い、鏡を完成させ、『一』の欠片を手に入れることに成功した。

ところが、喜びもつかの間、黄帝の手下に出来上がったばかりの鏡を奪われてしまったのだ。先ほどから員がからかっているのは、そのことである。

「今度は何をするんだい」

「炎帝さまの所に報告に行くんだ。大失敗の報告をな」

「行けるの？」

「この姿なら、黄帝さまの壁も越えられる。それに神仙として力の弱い僕僕《ぼくぼく》や、炎帝さまに首を切ってもらうことで力をそぎ落とした戎宣《じゅうせん》どのも、問題ない」

「君たちも物好きだよね。これまで長い時間をかけて育てた力を捨てるんだから」

「炎帝さまがお望みのことだ。仕方ない」

「ふうん……。いやいや、僕が知りたいのはそういうことじゃなくて」

馬車から下りてきた員は拠比の手もとにある竿に光を当てて訊ねた。

「眩しすぎるから止めてくれ」

「精いっぱい光を抑えてるんだから、文句を言わないでくれる？」

員は冠から小さな簾を下ろして光を遮った。

「これか？　釣りだよ。川や湖に住んでいる魚を釣り針の先の餌で引きよせて釣り上げるんだ」

「釣ってどうするの」

「どうするって……食べるのさ」

員はわからない、とばかりに首を傾げて見せた。自分ももし逆の立場なら、そうしたことだろう。飯を食って腹を満たすという行為は、神仙には本来無用のことだ。

「その食べるというのは、楽しいのかい？」

興味津々といった風情で員は訊ねた。

「私は天空から人が食事を摂っているのを見ている。獣たちや鳥も魚も餌を口にしている。獣の種類によっては、私が空にある間ずっと口を動かしているものもいる。それほどに淫することができるものなのか」

「楽しい、という者もいるな」

僕僕が作る「料理」は、人々の腹を満たすだけでなく、神仙を楽しい気分にするものらしい。だが、拋比はそこまで満足し、愉悦を覚えるかというと正直そうでもない。

「人の多くも大して楽しそうにはしていないから、気にすることはなかろうよ」

員は上から見ている者らしい言い方をした。

「食わないと死ぬから食っているだけで、食って楽しくなるなんていうのは、明日の糧に困っていない者だけのように見受けられるよ」

「そういうものかな……」

拠比の竿を作る手は止まっていた。

「ともあれ、天地は大変なことになっているから、見ていて退屈しないよ」

光の馬車のもとへ向かおうとした員を拠比は呼びとめた。

「上から見ているなら、教えて欲しいことがある」

鏡を奪っていった黄帝側の神仙、百樹《ひゃくじゅ》たちの行方である。太陽の神仙なら知っているのではないか、と拠比は思ったのである。

「それはわからないよ」

員は首を振った。

「輝く太陽は天にあって地に昼の恵みを与えるけど、ぼくの務めは決められた道筋を間違いなく行くことだけで、蓬萊《ほうらい》の事情に興味はなかったんだ」

それもそうか、と拠比は肩を落とす。

「それに、遍《あまね》く照らすのが仕事なのに一方の力になるのは、ちょっとね」

もっともなことである。

「あ、いけない。馬車が行ってしまう」

員は慌てて飛び乗り、拠比もそこへついていく。

「太陽が時の馬車に遅れるなんて、笑い話にもならない」

員が御しているのは緊那《きんな》と呼ばれる馬たちであった。彼らは正確無比に天空を駆け、その歩みが時の流れとなっていく。

「そうだ」

今度は員が振り返った。

「ここ最近、天地の様子が変わっている。そのせいで太陽として天をゆくのが難しいんだよ。言っておくけど、毎日同じような仕事に見えるかもしれないが、季節を巡らせ、夜を朝に変え、夕を夜に変えるには微妙な手綱さばきが必要なんだからね」

「わかっているとも」

挹比は敬意をこめて頷いた。

「そんな私が、どう照らしてよいか戸惑うほどに大地の変化が激しいんだ。もしや黄炎両君主の不和が元になっているのではあるまいね」

「それは……」

さすがにそうだ、とも頷くことはできなかった。

「ぼくは天から見ることしかできない。老君はただぼくにそう生きることを命じた。光と熱が尽きるまで、大地を見守ってほしいと願われた。だからぼくはそうする。天地を育み、育てるように命じられたのは黄帝と炎帝だ。二人が諍いを起こして大地が滅ぶようなことがあってはならないんだ」

「俺だってそんなことは願ってないよ。でも黄帝さまが門を閉ざし、聞く耳を持ってくれない。胸襟を開いて語り合えば、必ずわかって下さると思うのに」

「片方がそう思っている時、他方がそう思っていないことはよくあることだよ」

「俺たちは神仙だよ。これまでずっと、共に天地を育ててきたんだ」

「と思っているのも、拠比たちだけなのかもしれない」

さすがに拠比はむっとして、輝く太陽神を睨んだ。

「今度、ぼくの兄弟が増える」

拠比は思わず耳を疑った。

「天に太陽が二つもあると、眩しすぎて鳥獣たちは迷惑するんじゃないか」

「だから、ぼくが照らす場所と弟が受け持つ場所は異なる」

太陽神の弟はどこを照らすのだ、と訊ねると、

「人の天地さ。詳しいことはわからないけど。黄帝軒轅《けんえん》が言うには人は弱すぎて、ぼくの光を浴びるとすぐに死ぬ、ということらしい。壁の間に巨大な結界を作り、人でも暮らしていけるような別天地を設けるんだと。そこに小さな太陽を巡らせるんだそうだ」

「時の天馬、緊那たちもか」

「そうみたいだよ。人に合わせて、巡りを早くするそうだ。壁の間の一年が、外の一日だって」

とんでもないことをする、と驚くばかりである。これまで変わるはずもない、変える

必要もなかったことを、黄帝は勝手に変えていく。

「それは老君も認められたことなのか？」

「いや。でも黄帝と西王母が言うなら、無視することもできないだろ？　もし苦情があるなら、炎帝神農《しんのう》直々に言いにきてくれるよう伝えておいてくれ」

わかった、と頷くより仕方がない。

「ともかく、このまま天地がいびつに育っていくとぼくも困る。早く決着をつけて、その釣りってのを教えておくれ」

そう言うと太陽神は地を蹴り、光の馬車へと乗りこんだ。

4

作りかけの竿をみると、からからに乾いた枯れ枝になってしまっている。わずかに力を入れるだけでぱきりと折れてしまった。

「員め、もう少しで出来るところだったのに……」

恨めしい顔つきで空を見ると、員がにこやかに手を振っていた。竿は乾いてしまったが、周囲の草原に変化はなく、これから竿を出そうとしていた川も涸《か》れたわけではない。太陽の神仙が下りてきた割には、無事といってよかった。

ともかく、もう一度竿を作り直さないといけない。飯も食わねばならない。黄帝の領域を出なければならない。そして炎帝に報告せねばならない。員の言っていた、別の太陽の話も気になる。

いけない、ならないを積み重ねていくうちに、ぐったりと疲れてきた。

竿を作り直す気力も失って僕僕たちのもとへと戻る。

「拠比、お帰り！」

耳にかかる位に短い髪を揺らし、青い道服に身を包んだ小柄な少女が元気よく手を振った。彼女が拠比と共にあることを定められた存在、対となる神仙の僕僕だ。その隣りで昼寝をしていた首の無い天馬、戎宣も体を起こした。

「魚は？」

「見ての通りだ」

口調も重く拠比は答える。

「そう……」

一瞬表情を曇らせた僕僕であったが、すぐにぱっと笑顔になった。

「そんなこともあろうかと、蚯《みみず》を捕まえておいたんだ」

桶の中を見ると、大きな蚯がうねっている。

「これを食うのか……」

「嫌？」

何を出されても食べる覚悟ではいた。僕僕の料理がなければ半日も動けない体なのだ。実際、僕僕が出す物をうまいとまでは思えなくとも、嫌になったことはない。

「あのね、これは凄く滋養のある食材なんだよ。お父さんとお母さんによるとね……」

懐から帳面を取り出して解説を始める。炎帝は自らも食事というものをとって力にするという実験を行っている。その調理番となっているのが、盤《ばん》と盆《ぼん》という皿の形をした二人の神仙であった。

食事を作る、という考えが神仙にはない。

霞を吸い、天地の気をまとう。それだけで彼らは在り続けることができる。力を増す時には、仙丹を使う。草根木皮、玉石、鳥獣、虫魚、といったあらゆるものに力を加え、るつぼの中で混ぜ合わせ、術の力を伴った火炎で熱する。すると、多くの物が元とは違った形を持ち、また発する力も変わる。それが錬丹の術である。出来あがったものは仙丹と呼ばれ、神仙の力を変化させ、または増減させる。仙丹を作るのは難しく、数百年でようやく一粒、というものもある程だ。

「講釈はいいから、ある物で何か作ってくれ」

拠比は再び寝そべった戎宣のもとに座ると、その腹を枕に横たわった。

「水の神仙のくせに魚も釣れないのか」

「そう嫌味を言わんで下さい」

ため息と共に拠比は言った。

「竿を作る前に員に邪魔をされたんですよ」

「上から見てるんだから、鏡を奪っていった三馬鹿の居場所を知っていそうなものだが」

「俺も訊いてみたのですが、知らないとのことでした」

僕僕が手早く竈《かまど》を組み立てて火を起こしている。連れている二匹の精霊は炎と水の化身で、それぞれ獯獯《くんくん》と洵洵《じゅんじゅん》、という。狐のような外見で、尾が長く、髯も長く愛嬌があり、いつもは飼い主である僕僕の周囲で転げ回って遊んでいる。

ぱっと竈から火が上がり、やがて落ち着く。水の精霊がこん、とひと声鳴くと気の中から水が集まって僕僕が持つ鍋を満たした。

僕僕が担いでいる白い布袋の中には調理に使う道具や調味料が一式詰め込まれている。かなりの重さだが、余程のことが無い限り人に持たせることはしない。

「拠比は蚯の見た目が苦手なんだよね……」

そう歌うように呟きながら、桶の中から蚯を取り出す。

「どうにも駄目だ」

拠比は戎宣の体の反対側に回った。

「何とも情けないことだな」

天馬は楽しげにからかってきた。

「仙丹でもっとひどい見た目のものはあっただろう」

「もちろん、虫だろうが何だろうが平気でした。この姿になってから、心の平穏を保つのが難しくなったが、見た目もやけに気になるようになってしまったのです」

ただだ、と激しい音がするので、思わず戎宣の背中越しに見てしまった。そこには二本の包丁を持った僕僕が、凛とした表情で切り株の上に乗った肉を叩いている。

「おお、何をしているのだ」

蚯は赤く細かな肉片となり、切り株の上に盛られている。次に僕僕は白い大韮《おおにら》の根と干した小さな木の実、緑も鮮やかな香草をいくつか取り出した。

「丁子《ちょうじ》、八角、香菜……」

僕僕の頬は微かに紅潮している。そして口元には楽しげな笑みが浮かんでいた。食事を作るという作業をどうしてこれほど楽しげにできるのだろう。蚯の気味悪さよりも、そちらの方が不思議に思えてきた。

肉と香草を刻んだものに塩を振り、木の椀の中でこね始める。青い道服の袖をまくり、椀を少しずつ回しながら肉をこねていくさまは、舞にも似て美しかった。

「今日は何を作るのかな」

戎宣は興味を抑えきれなくなったらしく、身を起こして僕僕へ近付いていく。仕方なく、拠比もその後に続いた。椀の中にある肉があの蚯だと思うとまだ少し気味が悪かったが、僕僕の手の中でどんどん姿を変えていく。

香草の放つ色と香りが混じり合った挽き肉を、僕僕は串に刺していく。ちょうど蒲《がま》の穂のように串の周りに巻きつけた一本を、僕僕は満足げに見つめた。

「それを食うのか？」

「まだまだ。慌てない慌てない。獯獯、火の具合は？」

竈の中から炎の狐が顔を出して鼻を鳴らす。その間にも数本、同じ串を作っていた僕僕はそれを竈の火の上に渡した。

「これまでも肉を焼く、という料理を見たことはあるが……」

戎宣は竈の熱を受けて、少しずつ色を変えていく挽き肉を見下ろしていた。

「食材はその大きさ、切り方、下ごしらえの仕方と時間で大きく食感や味が変わるんだ。肉を叩いて挽いて、そしてこねる。そうすれば元の姿からは考えられないような物になる」

拠比も恐る恐る竈の上で焼かれている肉を見た。炎を受けて赤から白へと色を変えた肉の串は、ぷしぷしと湯気を立てている。脂《あぶら》が垂れて炎に触れると、ぱっと燃えあがって煙となった。竈の近くにいた拠比の鼻に何とも嗅いだ事のない香りが飛び込んでくる。

「これは……」

空いた腹が騒ぎだすような、心揺さぶられる匂いなのだ。火に焙られた挽き肉は脂を滴らせて炎を上げながら、さらに色を変えていく。褐色の焦げ目があちこちに現れ、芳香はさらに強くなった。

「はい、どうぞ」

差し出された串を手に取り、鼻に近づける。軽く嗅げば香草の強い香りがする。強いが、炎に焙られてまろやかなものとなっている。思いきり嗅げば、今度は肉の香りがする。あの気味の悪い虫が、これほど芳醇な香りを立てるのかと目を瞠るほどだ。

先ほどまでの嫌悪感を、食欲が押しのけている。一口含み、

「うま……」

と叫ぼうとした。だが、

「くない……」

がっくりと肩を落として言った。

「そんなぁ」

僕僕は天を仰ぐ。

人の肉体を持った抛比は、僕僕の料理を食べねば力を発揮できない。だから毎日作ったものを口にする。感謝してもいる。ただ、美味いとは思ったことがない。食べることを必要としない神仙ですら、僕僕の料理を美味いと称えるのに、である。

「でも食べるよ。腹は減ってるし、食べたくないわけじゃない」

「そう……」

悄然とした表情で竈の前に座る。炎はちろちろと肉の串を焼き、先ほどまで瑞々しいほどに脂の光を放っていた肉の表面が乾いてきた。

「おい、僕僕よ」

声を掛けようかどうしようか拋比が迷っているうちに、戎宣がそれはいいのかと訊ねた。

「あ、だめだよ」

慌てて串を上げる。肉はぱさぱさに乾き、所々真っ黒になっている。戎宣が責めるように拋比を見るが、仕方ない、と肩をすくめる。拋比は最初の一本を平らげると、僕僕が慌てて持ち上げた四本を取り上げた。

「いかにも滋養にはならなそうな見た目だが……」

戎宣が言うのも気にせず、頬張って見せる。

「無理して食べなくていいよ」

「無理はしていないよ。食わないと動けない」

そういう言い方をするな、と戎宣に頭をはたかれた。

「あのさ、拋比」

僕僕は申し訳なさそうに言う。

「それ、美味しくないでしょ」

乾いた挽き肉が口の中に貼りつく。肉汁などというものはなく、焦げた部分が舌に当たるだけで苦味が広がる。だが、奇妙なことにそれが不快ではなかった。目の前にいる僕僕が申し訳なさそうな顔をしているのとは裏腹に、どんどん食が進むのである。

やがて、僕僕と戎宣が異変に気付いた。

「えらく楽しそうに食べているが、もしかして……」

僕僕が恐る恐る、おいしいの？　と訊ねた。

「おいしい？　この感じが、か？」

気付くとあと一本を残して食べ終わっている。

「ううむ……」

戎宣が呻いた。

「わしはこれまで、何度も僕僕が作る料理というのを見てきた。この通り首もなければ味わう舌もない。だが、どのような作り、香り、見た目がその料理というものにとって善であり美であるかを学んできたつもりだ。それにしても……」

最後の一本は、とりわけひどかった。まさに燃え滓といってよいほどの焦げっぷりである。それでも、拠比は口に含む。うまいと言う他なかった。

5

炎帝と黄帝は天地の半ばずつを治めている。僕僕たちが鏡を探しに行った昊天《こうてん》は、両帝の領域の境界にあたる。暑く、乾いた地域にはこの世が開いて以来、何の変化もないように思えた。

「昔花《せきか》たちと一緒にいたかったな」

僕僕は時々、そんなことを言った。鏡を探す旅の途中で出会った人の少女である。僕僕はこの先も昔花と旅を続けられると信じ込んでいた。だが、

「私、一緒に行けないよ」

騒動が一段落した後、昔花は言った。どうして、と問う僕僕に、

「僕僕のことは好きだけど、術を見て怖いなって」

と言うなり俯いてしまったのだ。僕僕が受けた衝撃は相当なものであっただろう、と拠比は思う。その後、ことさら明るく振る舞っているのを見て余計にそう感じたものだ。

拠比は、あの人の少女の判断が正しいと考えている。拠比と僕僕と戎宣は、やはり人の想像もつかない旅を現にしているのだ。

いま一行は、黄帝側の神仙に見つからないように、昊天の端へと向かっている。

「窮屈だな」

戎宣は肩をそびやかせた。

「拠比よ、見えるか」

もちろん、と頷く。黄帝側の昊天から炎帝側の朱天へと通じる道には、二枚の巨大な壁が聳《そび》えていた。

「前より高く、分厚くなってますね……」

壁の実体は、神仙の出入りを厳しく制する術力の結界である。一枚が炎帝の領域のすぐ前にあり、数千里の間を置いてもう一枚の壁がある。以前は力を落とした拠比たちであれば壁を通り抜けることもできたが、今は両の壁ともに抜けられそうにない。

「壁がない場所を探すしかないな」

拠比たちは黄帝の領地から天地の端を目指すことを決めた。

昊天は日射しの強い、暑い、荒涼とした大地が続く。

「天下荒涼無可覧、山野何処託吟魂、といったところだな」

低く吟じながら、戎宣は蹄《ひづめ》を運んでいる。

「かつては一晩で往来できた天地も、今は随分と遠く感じるわ」

それは拠比も同じであった。水は天地のあらゆる場所にある。彼は思うだけで、一瞬にしてその場所に行けた。だが、今はその術が使えない。

辺境に近づけば近づくほど、前の日に通った場所ですら豊穣の大地であったと思い知らされるほどの光景となる。暑い、荒涼とした大地も、やがて姿を消していく。大地の間に大きな穴が点在するようになり、やがて虚空の間に島のように地が浮かぶようになる。

そうして昊天での旅を七日ほど続けると、世界の様相が一変した。

「これが天地の端……」

僕僕は目を瞠っている。

「お前はここを見るのは初めてか」

大きく地を蹴った戎宣は、僕僕に離れずついて来るように告げた。

「ここではぐれるとまずい。ここは天地の始原の姿を残している場所だ。何が起こるかわからんぞ」

戎宣の足の下には、既に大地の姿はない。彼らが見ていた空と大地は、巨大な円盤となって彼方に浮かんでいる。

「あれが天地……」

僕僕が感嘆の声を上げる。

「いや、わしらがいるここも天地だよ。ただ、端っこなだけだ」

戎宣に言われ、僕僕は周囲を見回した。

重い気の流れを伴った暗く寒い虚空の中に浮かぶ巨大な円盤は、八つの色に分かれている。その円盤を天の気と大地の気がそれぞれ昼の青と夜の黒、そして赤き溶岩が大きな球となって取り巻いている。

その円盤の中央にそびえ立つのが三聖の一人、西王母の住む蓬萊山だ。天地の四方には星々が無数に輝いている。その瞬きが時に強弱を繰り返す。

「光を放つのは星神だ。彼らが一つ光を放つたびに、天地の欠片が生み出される」

別の光が炎帝の領域の大地の辺縁でも時折輝いていた。よく見ると、虚空の中に浮かんでいる島がそこにぶつかって、新たな大地の一部となっている。

「こんな場所があるなんて」

「これこそ天地の生まれいずる所よ」

戎宣は虚空を踏む。ふわりとした反動があって、ゆったりと進んでいく。

「天地の端には壁がない……」

「よく気付いたな。黄帝さまが築いた壁は、確かに天地を二分している。だが、まだ生まれていない天地に関しては、分けようがないというわけだ」

そして戎宣は急に向きを変え、速度を上げた。

星神たちから眩い光が放たれる。いくつかの光が交差した所に、小さな島が出来た。それは黒い岩だけのものもあれば、緑に覆われているものもある。かと思えば、炎を噴き出していたり、氷に閉ざされていたりする。

それらが時にぶつかり合い、大きくなりながら天地の一部へと連なっていく。

「炎帝さまと黄帝さまが一番最初に産み出したのがあの星神たちだ。員のように我らと言葉を交わせる者もいるが、多くは古すぎて意を通じさせることもできない」

「近くで見てみたい」

僕僕はそうせがんだが、拠比は止めた。

「星神は員よりも熱い。近付いて無事でいられる者はいない」

「そうなんだ……」

残念そうに星神たちの輝きを見ていた僕僕が、

「それほどの火力があったら、料理に使えそうなのに」

と呟いたので戎宣は蹄を滑らせるほどに笑った。

「どんな食材も一瞬にして先ほどの挽き肉のように黒焦げになってしまうぞ」

僕僕は納得しなかった。

「どれほど強い火力も、使いようがあるんだよ。その火で新しい料理を作り出せるかもしれない。だって仙丹作りは、星神たちの火くらい強い火をつかうことだってあるんでしょ？」

「確かにそうだが……」

戎宣の方が逆に言葉に詰まってしまった。

「じゃあ料理にだって使えるよ」

僕僕が彩雲を飛ばして星神の一つへと近付いていくのを見て、拠比は驚愕した。遠くで輝いているように見えていたが、僕僕が近づいてはじめて、意外と近いことに気付く。星神のすぐ前で止まった彩雲が、星神の炎で煙を上げ始めたからである。

「おい、危ないだろ！」

拠比と戎宣が慌てて飛んでいき、星神から引き離す。僕僕の前髪が焦げてしまったが、当人はにこにこしていた。

「熱さで溶けるぞ」

「そうかもね」

僕僕は袋に何かを抛《ほう》り込み、けろりとした顔で再び彩雲を操り始めた。

その時、拠比は異様な気配を感じて虚空の向こうへと意識を集中した。天地の中心に近い方角から、何かが迫ってくる。

「戎宣どの！」

急を告げる言葉に戎宣が全力で宙に浮かんでいた小さな島を蹴る。天馬の尾をかすめるように見えない刃のようなものが駆け抜けていった。

「今のは……」

僕僕と拠比は顔を見合わせ、切れてしまった戎宣の尾を呆然と眺めていた。

「壁だ」

戎宣は半分になった尾を振り、

「天地の育つ速さに合わせて、黄帝は猛烈な勢いで壁を築いているらしい。念の入ったことだ。そこまで神仙の往来を止めさせたいのか……」

憤然とそう言った。戎宣がさらに歩を進めようとした刹那、こんどは遥か前方で虚空が一瞬歪んだ。

「こりゃまずいぞ」

急いでその場所まで行くが、既に壁がある。

「後ろにも同じ壁ができているようだ」

そして、その壁の間に眩い光が瞬き始めた。

「おい、あれは……」

戎宣と僕僕はあまりの眩しさに顔を背ける。

「あれが員の言っていた弟なのか……」

光と熱はどんどん強くなる。その時、異様な馬の嘶きに似た大音声が聞こえてきた。

太陽の従神にして光と熱の天馬、緊那の声である。

「軒轅さまは本当に天に二日を設けるつもりか」

戎宣が歯噛みして呻いた。

「しかも、壁に挟まれてしまったぞ……」

どうする、と問われて拠比は考え込んだ。

「さらに端へと走りますか」

だがそれには戎宣がいい顔をしなかった。

「星神たちによって天地が生みだされる場所がすなわち、天地の端だ。それ以上先の虚空へ行くことは、今のわしにはできない。僕僕は彩雲に守られて無事だったが、灰になってもおかしくなかった」

星神たちの輝きに変化はなく、あそこまで行けば、とも思うがまずは帰らねばならない。ここで無理はしたくなかった。

「となると、戻るしかありません」

「戻るってどこに」

「道が通じていそうな所にですよ。黄帝さまも壁を作る事が出来ない場所がただ一つだけある。西王母さまのところです」

戎宣は渋った。

「あの方は炎帝さまのされようとしていることに反対ではなかったか」

「そうであろうと、俺たちがここで永遠にさまよっているよりましです。この壁、仙骨のあるなしのみを判断しているのなら、黄帝側の神仙も入ってこられないはず。もしそうなら、蓬萊山こそ安全な場所かもしれない。西王母さまのところへ行きましょう」

6

戎宣と僕僕の彩雲をもってしても、天地の端からまた中心へと戻るのは中々に遠い。それでも数日行くうちに、大地には再び豊かさが戻ってきた。壁にはやはり、越えられそうな場所は見つからない。

「風と岩しかなくても、それが素晴らしいな」

戎宣は熱く乾いた風の中で伸びをしながら、しみじみと言う。一日に二度は地上に下りるようになった。僕僕が拠比の食事を作るためである。

「この辺りには本当に神仙はいないのか」

拠比もようやく天地に巡り始めた水と己を繋ぎ、水の声を聞いて周囲の様子を探る。壁を境に、仙骨を持つような力の持ち主はいない。

「神仙はいないが、人の集落があちこちにできています。そのうち一つは……とりわけ大きい」

「よくそこまでわかるな」

戎宣は感心していた。

「水がどれだけ使われているかで、その場所にどれだけの生き物がいるかわかります」

「そこに行けば何か食材があるかな……」

「本当に僕僕は料理のことばかり考えているんだな……」

　王弁は呆れて言う。

「それが仕事だからね。後は王弁においしいって言わせること」

「言っただろ」

「あれは違うよ。確かに、味というのは様々だよ。誰かにとっての美味が他の神仙にとってもそうとは言えない。でもボクは、味わう者全てが美味いと感じる、心をとろかすような料理が作りたいんだ」

「俺はあれでいい」

「だめだって。失敗したものを美味いと言うのは間違ってる」

　間違いと言われても、実際にあの消し炭のようなものを口にした時が、僕僕の心づくしの何よりも満足できたのである。

「またあれを作って……」

「絶対にいやだ」

　僕僕はむっとした顔で王弁を睨みつける。

「ボクが美味いと思うものを食べて、美味しいと言って欲しいんだ」

　それは押しつけだろ、と王弁は思うが僕僕のあまりに真剣な眼差しを受けとめられず、目を逸らしてしまう。

「まあまあ、僕僕は拠比の対としての務めを果たしておるよ。味の違いはわしにはわからないが、僕僕が作ったもので拠比が力を補っているのは間違いないのだから」

戎宣が宥めるが、二人は不服そうな顔を隠さずそっぽを向く。

「喧嘩は勘弁してくれ。……おい、飛ぶぞ！」

辟易したように言う戎宣が、不意に拠比たちの襟を噛んで背中へ乗せると空へと駆け上がった。

「急にどうしたんです」

落ちかけた僕僕を慌てて抱きかかえ、戎宣のたてがみを摑んだ拠比が訊ねた。

「近くに神仙がいる」

「俺たちのように取り残されている者ですか」

「いや、わからん……。すぐに気配が消えた。拠比は何も感じなかったか？」

水が繫がっている限りは何かを感じるよう気を配っていたが、人の集落や獣の群れの気配以外は分からなかった。

「そうか」

鞍から身を乗り出して地上を見れば、無数の小さな点が群れ集まっている。それが何かは、拠比にもわかる。黄帝が作りだした「人」という生き物が作り上げた集落であった。だが、随分と大きい。

「もしかして、人というものは集まると仙骨のような力を持つのでしょうか？」

拠比はそんな疑問を持った。

「まさか」

戎宣は言下に否定した。

「仙骨のあるなしはあらかじめ定められている。神仙でないものは自ら子孫を増やすことができる代わりに、仙骨がなく、不老不死にもなれない」

「それにしても、こんなに人っていましたか」

「黄帝さまがどんどん作ってるんじゃないのか」

戎宣は人の集落からかなり離れたところで地上に下りた。

「でもわざわざ黄炎両帝の境目に住まなくても。彼らは黄帝さまをはじめとする神仙に祈りを捧げ、その代わりに神仙の力による恵みをもらうのでしょう？　境に隔離などせずに黄帝側の土地に住まわせればいいのでは」

「拠比、いくら自分が人の姿をとらされているからって、気にしすぎじゃないか。もし何か不審に思うことがあったら、炎帝さまに後で訊ねてみればいい。答えて下さらなくても、誰か知っているだろう」

鈞天《きんてん》が近付いてくると、荒涼とした大地に草木の緑と水の青が増えていく。風の匂いが甘く温かいものへと変わる。そして、目の前にはうっすらと蓬萊山の威容が浮かび上がってきた。

「いつ見てもいいものだ」

天地の全てはここから始まった。老君が無から『一』を生み、黄帝と炎帝と西王母がこの山を中心に天地を広げ、全てを創りだして天地へと広めていったのだ。

「古い神仙ほどここが懐かしいんだね」

僕僕が羨ましそうに言った。

「お前は生まれて間もないものな」

拋比は山を見上げたまま応える。もちろん、拋比にとってもここは懐かしい場所だ。彼の最初の記憶は、蓬萊がこのように穏やかな表情を見せる遥か前のことだ。

「拋比はこの山のどこから生まれたの?」

「炎帝さまが自らの仙骨の一部を割き、どの星神よりも熱く、虚空のどこよりも冷たい炉の中で鍛え上げた。その時に水が生じ、その精として俺が生まれたんだよ。どこで生まれたかはわからないがここのどこかだ」

初めて拋比が水の力を発した頃は、まだ蓬萊の山は小さく、荒々しかった。炎帝をはじめとする三聖も随分と若かった。彼らの荒ぶる力が蓬萊を滾《たぎ》らせ、炎を噴かせ、天地を猛烈な勢いで大きく広げた。

拠比は荒ぶる山が吐き出す炎や水と共に、雲となり、熱き流れとなって天地を駆け抜けたものだ。やがて天地が大きく広がり、蓬莱山も天を支えるほどに高くなった。それと共に炎は主峰の頂から噴き出すことはなくなり、水の流れも穏やかな大地をゆっくりと流れるようになった。

昊天と鈞天の境界のかなり前から、大地は傾斜して登りになっている。

「やけに疲れますね」

「この姿では蓬莱の気に対してさらに弱くなっているのかもしれない」

そう言う戎宣も苦しそうである。僕僕は膝に手をついて数歩ごとに休んでいる。そして、蓬莱の仙境に入るというところで一行は足を止めた。

「ここにも壁があるのか」

呆然としていると、

「何ともみっともない姿であるな」

そんな三人を嘲笑うかのような、しかし妙なる鈴の音に似た声が、頭上から聞こえた。

7

短い髪は僕僕と同じ、背格好も同じくらいだが、その威風は格が違っていた。僕僕は俯いて震えている。

「何もいびりに来たわけじゃない。そんなに恐ろしいものを見るような顔をして」

心外な、と西王母の侍女である仙人・計見《けみ》が腰に手を当てて不平を言う。西王母の周囲の神仙たちも、黄帝の志に賛同したかのように人の姿をとっている。

「お前たちはここを越えられないのだったな。すぐにこっちへ来い。でないと神仙といえど押しつぶされて動けなくなるぞ」

計見が袖を払うと、壁の気配が変わった。急げ、と拠比が僕僕の手を引いてその中へ駆け込む。振り向くと、再び神仙を通さない透明な防壁へと戻っていた。

「計見たちは人の姿になっても力を失っていないのか」

「大いに失っているとも」

拠比も計見の気配に圧倒されていた。

「黄帝さまは人の姿になれば神仙による力の浪費が抑えられ、天地の気を保つことができるとお考えのはず。人の姿になれば俺のように力が目に見えて落ちるはずだ。しかし、お前は……」

「拠比、お前ほど大きく減じていないだけだ」

計見はくしゃみを一つすると、地味であった裾の長い衣が雷光を伴った蝶の羽の柄に変わった。この巨大な蝶こそ、計見の本来の姿である。

「何だそれは」

戎宣が驚いて飛び下がる。

「私たちは蓬萊にいる。天地全体の気を神仙が使いすぎていると黄帝さまは言うが、これだけ山の気を浴びていたら身から溢れ出すものだ。絶えず気を吸収している以上、蓬萊山では力の減少が抑えられる」

しばらく見とれていた僕僕が、あっと声を上げた。

「そうだ計見さん」

「お前が炎帝さまが作った新しい神仙だな」

見つめられるだけで僕僕は倒れそうになっている。

「おい、そんなに圧をかけるな」

戎宣がたしなめる。

「見ただけだぞ」

「そのけばけばしい衣を何とかしてくれ。わしにはもう目がないが、それでも体のあちこちが痒いくらいだ」

そう、と計見は何度か深く息を吐き、衣を消した。

「で、何かな？」

地味な衣に戻ったものの、手のひらに花を出してはぽいぽいと四方にほうり投げている。そうしなければならぬほど、蓬萊の気は濃いようだった。

「私たちは炎天まで帰りたいんです」

「ほう、もう用は終わったのかな？」

嫣然《えんぜん》と笑みを浮かべて計見は言う。心を読まれてはならない——。拠比は内心ひやりとしたが、こちらの意図を読み取ろうとする計見の術を払った。戎宣も成功したようであったが、僕僕にそんな器用なことができるとは思えなかった。

計見のくちびるの端に微かな笑みが浮かんだのを見て、拠比はがっかりする。

「さすがに若い子は素直でいい」

『一』の探索は、炎帝側の神仙たちのみが知る秘密だ。黄帝側の神仙には「幻の食材を探している」と偽っている。現に、『一』探索の鏡を奪った三馬鹿も、あれを「幻の食材探しの道具」と勘違いしていた。炎帝が『一』を探そうとしていることが明らかになれば、西王母ははっきりと敵に回るかもしれない。ここで囚われては『一』の欠片を探すどころか鏡を失くしましたと復命することすらできない。

だが、計見が次に口にしたのは、

「幻の食材ってどんなものなのだ？」

というものであった。

第二章　蟠桃の星火煮

1

「幻の食材というのは、まだ見つかっていません」

僕僕は堂々と答えた。料理のことになると、急に強気になる。というか、僕僕自身は本当に「幻の食材」を探したい気持があるのだろう。だから、計見も心を読み間違えた。

「ですが、旅をする度に発見があります」

そう、と計見は目を細めた。

「蓬萊山《ほうらい》には蟠桃《ばんとう》という仙果がなるのを知っているか？」

「もちろんです！　三千年に一度実をつけ、一口食べれば千年の寿命を得て、二口食べれば仙骨のないものですら不老不死を得ることができるという」

「その通りだ」

だが計見は、その蟠桃が詰まらない、と言い出したのだ。

「三千年に一度と言うが、蓬萊山ができてから何十回と口にして山の仙女たちはもう飽き飽きしている。どれだけ素晴らしい果実であっても、所詮桃は桃だ」

「贅沢なことを言いおるわい」

戎宣《じゅうせん》は呆れて土を掻いた。

「贅沢などではない。仙丹なら色々と変化をつけられるけど、桃はそのままだからな」

「だったら蟠桃も仙丹の材料にしてしまえばいいだろ」

わかってないな、と計見は偉そうに胸を反らせた。

「仙丹は五行に別れた万物を神仙の炉で変化させ、その力を成長させるもの。蟠桃は万物の始原である蓬萊の山にのみ生える木。木でありながら金であり、水を吸いながら火を放ち、土にあって水を生む。それ自体が仙丹なのだ」

ただ、と計見は困った表情になった。

「誰にでも食べさせるわけでもないし、三千年に一度であっても種はできるだろう？そうすると、今度は増えすぎる」

計見が山の一画を指すと、桃林が見える。

「あれ、もしかして全部……」

「そう。蟠桃だ。最初は蓬萊の頂に一本だけだったのに、生まれてきた神仙が食べたらあちこちに種をまき散らすものだから、神仙が増えるたびに山に桃が増えて」

「蟠桃は一度生えると枯れないものな」

挓比や戎宣にも、それぞれ自分の蟠桃があってまだ青々と葉を茂らせているし、三千年ごとに花実をつける。

「そろそろ僕僕にも蟠桃の実をやってくれ」

挓比は頼みこむが、計見は肩をすくめたのみだ。

「この子の話は聞いてないって西王母さまが仰っていたのでな」

「あんなに余ってるだろう」

「余ってはいるが、黄帝さまや炎帝さまが正しく手続きを踏んでくれた神仙にしか、実を授けてはならないことになっている」

蟠桃の実をもらえないことで僕僕が落ち込んでいるかも、と挓比は心配になったが、横顔を見るとそうでもなかった。

「きれいですね」

僕僕がうっとりと桃花の光景を眺めている。計見はその表情を見て、羨ましいわ、と呟いた。

「それだ。私が求めているのは。神仙として生まれて西王母さまのもとで仕え始めた頃は、あらゆることが楽しかった。蟠桃の花や実を初めて見た時は、この子のような顔をしていたものだ。でも、あんなにもさもさ生えられても困るのだよ」

「素晴らしいものに飽きている、というのが贅沢なのだ。西王母さまはそんなことを言わないだろう」

戎宣は蟠桃の方を見つつ言った。

「あれほどの花を咲かせるということは、神仙が多く生まれたということか」

「どうかな。黄帝さまは神仙の力がこの天地の活力を奪っているというお考えだし、西王母さまはごく少ない近侍の者以外は創らない方だから。炎帝さまが失敗作をどんどん創ってるのではないのか」

それにはさすがに戎宣が怒った。

「炎帝さまへの無礼な言葉は許さぬ」

「私はあくまでも、そうかもしれないと言っているだけだ」

「わしらが同じようなことを西王母さまに言ったら？」

「私の雷光蝶で焼き尽くす」

「だったらやめろ」

戎宣の怒りに気圧されたようにくちびるを曲げた計見であったがすぐに気を取り直し、

「そんなこと言っていいのかな」

とにやりと笑った。

「お前たちは食材探しに夢中で帰り損ねているのだろう？　そしてこの先にある壁を越

えることができないでいる」

「それは計見も一緒であろう？」

「まあね。でも、私は鍵を持っている。一瞬だけ壁が開く鍵を」

「勝手にそんなことをして、西王母さまに叱られないのか」

「黄帝さまと西王母さまが対になり、私を含めた一部の神仙は壁の番をすることになっている。私が認めた者しか通さないのだから、叱られない」

戎宣は敢えて何も言わず、黙って聞いていた。抛比はその沈黙の意味を理解していた。

先だって蓬萊山を訪れた際に、計見は西王母の姿が見えないと言っていた。そして、黄帝側の尖兵である百樹たちが導尤《どうゆう》の鏡を奪った際に、黄帝と西王母が対になったと言っていた。

　天地の中心に在って中立であるべき西王母が天地の半ばを領する黄帝と対になるなど、あってはならない事態である。強大な力を持つ二人が手を組めば、天地の均衡は一気に崩れる。だから抛比たちは「対」の話に衝撃は受けたものの、話半分に聞いていた。

　だが、計見がはっきりとそう言った以上、事実と考えねばならない。

　神仙の世界が二つに割れる――。恐れていた最悪の事態だ。

「では、西王母さまはお山に戻られたのだな」

　戎宣は慎重な口調で訊ねた。

「そうだ。西王母さまは天地の平穏を第一にお考えだ。この度黄帝さまと対になられたのもその表れ。炎帝さまが早々に己のすべきことに立ち返られることを願っておられる」

「壁の間に太陽をもう一つ作る、などという勝手なことをしているのはどう説明するのだ」

拠比は怒りと共に問うた。

「軒轅《けんえん》さまのお考えを察するべくもないが、これだけは言える。西王母さまは為すべきことをなさっている」

「ではそのお心を我らが炎帝さまにお伝えしよう。大ごとになる前に、内々に話がつけばよかろう？」

「ふむ、どうするかな……」

計見はつんと形の良い顎を上げた。

「お願いします！」

僕僕も深く頭を下げた。

「そうね……。ではひとつ、遊びをしよう。僕僕、私が満足するように蟠桃の形を変えることができるか」

「料理に出来ないことはありません」

「よく言った。先ほども言ったが、蟠桃はそこらに生えている桃とは異なる。蓬莱に根を張り、五行の順逆の全てを内に含んでいるが……」

「大丈夫です」

「ならば私を満足させてみろ。そうすれば、炎帝さまのところへの道を開いてやろう」

頷いた計見は、一本の蟠桃の前に一行を連れて行った。計見が言うところの「もさもさ生えている」うちの、とりわけ若い一本である。

「これはまだ、誰のものかわからない蟠桃だ。でも、実が熟している。これを使ってもらっていい」

「勝手にいいのか」

「このまま神仙が食べに来なければ私たちが片付けることになるんだから」

計見はけろりとした顔で言う。

木の枝には大きな桃の実がなっている。普通の桃のように、丸い水滴のような形をしているが、その色は通常の色とは違う。桃色であるのは一瞬で、時に赤く、また青く、緑や黄にも色を変えて止まることはない。

手に取ろうとすれば別の枝へと移り、一つかと思えば二つになり、無数に枝になって虚実を惑わせる。

「何これ」

実を取ろうとした僕僕は目を丸くしていた。

「なるほど」

枝の下を右往左往している僕僕を見て、計見は一人納得していた。

「これは蟠桃をくれと炎帝さまも言いに来ないわけだ。この子、本当に仙骨はあるのか？」

「あるかないか、計見には見えているだろう」

「それはもちろん。この子にはごく弱い仙骨がある。炎帝さまはどうしてこんな弱くて小さな仙骨しか彼女に与えなかったのか、不思議なくらいだ」

僕僕は困り果てて振り向いた。

「拠比、実が取れないよ」

はいはい、と近付いていく拠比の背中に向かい、すっかり尻に敷かれているな、と計見はからかう。

「尻に？　僕僕の尻の下にいたことはない」

「そうではない。人の世界ではな、妻に頭の上がらないことを尻に敷かれるって言うらしいのだ」

「頭が上がらないわけじゃないよ」

「そうか？　炎帝さま以外でこれほど素直に誰かの言うことを聞く拠比なんて、見たことがない」

気にせず、挹比は蟠桃に手を出そうとした。僕僕には見えていないようだが、挹比にはすでにその位置は定まって見える。神仙としての心が定まっていなければ、この実を摑むことはできない。

挹比の手から蟠桃の実を受け取った僕僕は、にこりと笑って挹比を見上げる。

「ありがとう」

「礼はいらない。お前がこの実をうまくあれこれして計見を納得させないと、炎帝さまの所には戻れないのだから」

「任せて！」

僕僕は拳でとんと胸を叩く。こんな小さな手をしているんだ、と挹比はふと思ったが、頷いただけで背中を向けた。

2

蓬萊山の広くなだらかな裾野を時折五色の雲が下っていく。天地に活力を与え、長い時をかけて循環し、また蓬萊で力を蓄えて四方へと広がる。ごう、と柔らかく重い音がしてまた山のどこからか気の塊が噴き出された。これだけ力強く豊かな光景を見ていると、神仙が天地に気を使い過ぎているなど、とても信じられない。

「背中を向けて静かに見守ろうとしてたみたいだが」

戎宣は木陰に座り込んで棗《なつめ》の実を蹄《ひづめ》で弄《もてあそ》んでいる。

「山を見て僕僕を見ないふりは別にしなくてもいいんじゃないかな。対なのだ、そう照れるな」

拠比は蟠桃を僕僕に手渡した。そして僕僕は担いでいる大きな袋から調理道具一式を取り出し、桃の皮を剝こうと奮闘しているのだが、うまくいかない。

「何だかかわいいやつだな」

拠比の隣では計見が微笑まし気に逃げる桃を追いかける僕僕を目で追っている。

「かわいいやつだな、じゃないよ」

「料理だけは自分でやらせろって聞かないのだろう？　でも、あの料理ってやつは材料のことをよくわかってないとだめなんじゃないのか」

「桃のことはよくわかってると思うよ」

仙人としての僕僕は頼りない所しかないが、料理に励む姿は美しいと感心するほどに無駄がない。その瞬間だけは、仙骨の輝きが増して拠比でも軽々しく踏み込めないほどに隙のない動きとなる。

たとえるなら、天女の舞といったところなのだが、今は子猿が転がる果実を追って走り回っているようにしか見えなかった。

「ほら、あっちだあっち」

計見は興が乗ってきたのか手を叩いて喜んでいる。僕僕は全く耳に入っていないようで、ひたすら桃を追いかけていた。拠比の手から僕僕に渡った蟠桃はいざ皮を剝く段になって逃げ出したのだ。

僕僕が動きを止めた桃にそうっと忍び寄っている。ぴょんと跳ねて飛びついたところには、もう桃はいない。

「遊ばれてる……」

けらけらと計見が笑っている横で、戎宣はため息をついている。

「おちょくってくる相手を料理するってのは難しそうだ」

だが、拠比は僕僕が徐々に桃に肉薄しつつあることに気付いていた。

「お前もそう思うか。この子は仙丹もないのに仙人としての力を上げていくな。実に奇妙だ」

戎宣は不思議そうに肩を傾げた。

神仙は仙丹でしか力の階梯を上げられない。対になるのも新たな仙丹を錬成するためである。互いの力の上限を知っているし、その上限を必ず発揮することができるから力の優劣ははっきりしている。だから無駄な争いはしないし、戦う時は大抵戯れなのである。

「やった！」

素っ頓狂な声を放った僕僕の腕の中に、蟠桃がある。怒ったようにめまぐるしく色を変えていたが、やがて大人しくなった。

「よおしよおし」

赤子をあやすように腕の中で揺らすと、淡い桃色の輝きを放ち始めた。

「蟠桃ってあんなに懐くんだな」

戎宣が感心したように肩を振った。

「戎宣は知らなかったのか？」

「わしの時は実を見つけてすぐに駆け寄って一口で丸飲みしたから」

計見と戎宣が話している間に、僕僕は本格的な調理に入っていた。皮を剝き、くし形に切った桃を美しく皿に並べている。

「まさか、あれで完成か」

計見が言うが、それは自信を以て否と言えた。

「僕僕の料理はそんな簡単なものではないよ」

続いて取り出したのは、いつも煮炊きに使う鍋であった。だが、いつもと違うのは、組み立てた竈《かまど》の周りに盛り土を始めたことである。

「拠比、ちょっと手伝って」

僕僕に呼ばれて腰を浮かせるが、先ほど計見に言われた「尻に敷かれる」云々が気になって一瞬体が止まった。

「あの拠比がこうも言いなりとはね」

「当たり前だろ。対の相手だぞ」

「望んでなったわけじゃないのにか？」

「炎帝さまがお命じになったことだ」

僕僕に近付くと、土がもっと欲しいと言う。

「ここの土、凄いね」

ぺろりと指先についた土埃《つちぼこり》を舐め取って見せる。

「食べられるよ。あらゆる滋養が詰まってる」

まさか、と拠比も指先に掬い取って舐めてみるが、味らしい味はしない。

「拠比だったら美味しいって言うかなと思ったんだけど」

「俺の味覚を試したのか」

「よくわからなくなっちゃったからね。ともかく、今は計見さんを満足させないと……。盛り土をした所に霧状に水を吹きかけて固めることはできる？」

「もちろん」

蓬萊は水も豊かな地である。あちこちに清流が流れ、風の中にも潤いを含んでいる。

そこから少しずつ力を借り、ふっと息を吹きかける。霧となった水は僕僕の盛り土を湿らせる。

「こんなものかな」

そして僕僕は計見に、蓬萊の土はどれくらい強いか、と訊ねた。

3

「強い？　どういう意味だ」

「その、どれくらい硬くて叩いても壊れないかってことなんですけど」

「ああ、そういうことか」

計見は足もとの土を寄せて膝くらいまでの土の柱を作ると、そこに手を置いて何かを祈りだした。そして拠比に、氷の剣を一本出してくれるよう頼んだ。

「色々求められる日だな」

「戎宣に蹴ってもらおうかとも思ったけど、足が折れたりしたら不便だろ」

「すぐ治るよ」

後ろから天馬が後ろ脚を蹴りあげて見せるが、計見は無視して拠比が出してくれた細身の氷の剣を振りかざした。

「これ、どれくらい硬いのだ？」

「大抵の岩は砕けるよ」

「よし」

　そおれ、と計見は剣を振り下ろす。その刃風で僕僕がこてんと倒れるほどの猛烈な斬撃が土の柱に叩きつけられた。だが、砕けたのは氷の剣の方だった。

「大したことないな」

「よく言うよ」

　拠比は種を理解して苦笑した。

「さすがは蓬萊の土だ。神仙の願いを受けて自在にその性質を変えるというわけだな。金剛石の強さを願えばそれが土に備わる」

「そうゆうことだ」

　わかった？　と計見が僕僕を見て微笑むと、嬉しそうに頷いた。僕僕はその竈を覆う急ごしらえの窯に額をつけ、長い時間祈りを捧げていた。戎宣が昼寝に入り、目覚めた頃になってようやく顔を放す。形の良い額には土の跡がくっきりとついていた。

「何を祈っていた」

　計見が訊ねると、

「この窯が炎帝さまの工房の炉よりも強くなりますようにって祈ったんです」

「また大きな願いをかけたな」

願いを大きくするのは自由だが、どの程度反映されるのかわからない。

「それは、祈りを捧げる神仙の力量による」

僕僕の祈りは計見のようにはいくまい。だが、あの子には得体の知れない変化がある。そしてあの窯と蟠桃で何をする気なのか。

「桃でも焼くのか」

「焼いた桃って美味いのか」

そんな話をしていると、僕僕は剝いて皿の上に並べて置いた蟠桃を窯の中に入れた。そして、炎と水の化身である獯獯《くんくん》と洵洵《じゅんじゅん》を呼ぶ。いつもの姿ではなく、何やら互いの尾を嚙んで円を作っている。その中心に何かちろちろと揺らめいているものが見えた。

「わ！」

計見が驚いてあとずさる。

「どうした」

「あの火、あれどこから持ってきた」

わからない、と答える前に、

「天地を生みだしている星神さんにもらったんです」

「星神と話せるのか」

計見は驚きに目を大きく見開いている。

「話はわからなかったけど、天地を生みだす炎を料理に使いたいってお願いしたら少し分けてくれたんです」

信じられない、と顔を見合わせている計見たちをよそに、僕僕は精霊に守られた小さな火を窯の中に入れる。

「獯獯、洵洵、ありがとう」

二匹の精霊は元気に鳴いて僕僕の腕に巻きついた。

「もしかして、ここで星神の火をぶっ放すつもりか」

計見は拠比の背中に隠れて言う。

「ぶっ放すとどうなるんだ」

「この辺りは吹っ飛ぶかもしれないぞ」

「恐ろしいこと言うなよ……」

「特にお前と戎宣は仙骨の力をほとんど失ってるんだろう？　僕僕のはあるかどうかわからないくらいの小ささだし」

星神の火は窯の中に入った。そして僕僕は再び窯に額を付ける。そして一心に何かを祈り続ける。しばらくすると、どんどこと腹に響く低い音が聞こえ始めた。

「おい、危ないんじゃないか……」

計見の袖を摑もうとした拠比は、そこに誰もいないことに気付いた。はっとなって振り向くと、戎宣と計見は猛烈な速さで逃げ去っていた。

窯の方を見ると、上から太く白い煙が立っている。

「僕僕、もういいから離れろ」

「もう少しなんだ」

「何が？」

「蟠桃がおいしくなるまで、もう少し……」

その瞬間、窯が一つ大きく震え、縦横にひびが入った。

「いかん！」

拋比は両手を後ろへ突き出し、水流と共に跳躍して、僕僕の前に降り立つ。窯の割れ目から閃光が走る。体が吹き飛ばされる感覚と、岩肌に叩きつけられる感覚がほぼ同時に襲ってきた。水の防壁を一瞬で広げてみたものの、衝撃の全てを和らげたわけではない。

腕の中で僕僕はじっとしている。蟠桃の花と同じ、甘く柔らかな香りがする。

「……大丈夫か」

声をかけると、顔を上げてこくりと頷いた。

「また助けてもらっちゃった」

「対だからな」

「……そうだね」

何とか立ち上がるが、背中も首も痛い。人の肉体は慣れれば決して不便なものではないが、弱点が多すぎるのが難であった。まだ神仙の力が残っているからいいものの、もし完全になくなってしまえば簡単に壊れてしまう。

「あ、桃！」

僕僕は擲比の腕の中から抜け出し、窯の破片を搔き分けて蟠桃を探し始めた。

4

周囲を見渡すと、山肌の様子が一変していた。よく無事だったなと、首を回していると、遠くから戎宣の背に乗った計見が戻ってくるのが見えた。

「先に逃げるなんてひどいぞ」

擲比は文句を言った。

「戎宣はともかく、計見はあれくらいの爆発は平気だろう」

「この体の弱さはよく知ってるだろう。少しでも嫌な思いをするのは嫌なんだ」

そうかい、と擲比は頭に積もった埃を払う。

「僕僕も無事だったのだな」

計見はほっとした顔をしている。

「これでも一応心配したんだぞ。まあ神仙だし、壊れても何とかできるだけの仙丹は作ってやろうと思っていた」

と言い訳を連ねる。

「あったぁ」

僕僕が盆を持って駆け寄ってくる。あの爆発にもかかわらず、盆の上の蟠桃はきちんと並んで崩れていない。ただ、爆発で生じた埃がまぶされて茶色くなっている。

「どうぞ！」

元気な声で計見に勧める。

「どうぞって……。これを食べるのか？」

「はい。ボクの渾身の逸品が完成しました」

「体を張ってたことには同意するが、これ埃まみれだぞ」

「大丈夫です。蓬萊山の土ですから。でも、気になるのでしたら」

僕僕は小声で、お願い、と蟠桃の切り身に囁いた。切り身が微かに身を震わせると、表面についた土ぼこりは山の風に乗って一粒残らず飛び去って行ってしまった。

「蟠桃は本当にいい子だね」

僕僕は目を細め、再度計見に盆を差し出した。

「これでいかがですか？」

先ほどまで星神の炎に焼かれていたことも、土埃にまみれていたのも嘘のように、瑞々しい果実がとろりとした輝きを放っている。

「いかがですかって、そのままじゃないか……」

僕僕はどうぞ、と重ねて勧める。

「わ、わかった。僕僕の努力を無にするわけにはいかないものな」

そう言って小さく口に含んだ計見はしばらく動きを止めた。そして、僕僕、拠比、戎宣とゆっくりと見回し、名状しがたい叫びを上げると、力を全開にした。窯の爆発と同じような突風が辺りに吹き荒れ、計見自身が巨大な雷光を放つ蝶となって飛び去った。そして、

「おいしい！」

という叫びが蓬萊の山襞にこだまして、その残響が消えると同時に戻ってくる。

「蟠桃の星火煮です」

拠比も勧められて口に含む。まず舌に感じられるのは微かな酸味である。焼かれたせいか、柔らかみを感じさせる。だが、次である。

口の中に熱さを感じる、続いて氷の清冽さ、風の爽快さときて蓬萊の豊穣が甘味となって押し寄せる。それは果実ではなく奔流となって、気付くと口の中に姿を消している。

そして、背中や首にあった痛みも消えていた。

「いや、見事だ」

雷光蝶の羽根をゆっくりとはばたかせながら、計見は僕僕の手をとった。

「正直、料理なんてどの程度のものかと侮っていたけど、確かにすごい。炎帝さまがお前を生み出したのには、少なくとも意味があるのだ」

頬を上気させた計見は、また作ってくれ、と僕僕に囁き、鈞天《きんてん》と炎帝の領域である朱天の間を隔てる壁に、わずかな通り道を作ってくれた。

「助かった。かたじけないことだ」

戎宣は丁重に礼を言いつつ、西王母は今後どうしようと考えているのか訊ねた。

「まずは炎帝さまのお考えを明らかにしてもらってくれるか。私だっていつまでも三聖がぎくしゃくしているのは嫌だ。おおっぴらに僕僕ちゃんの作る料理ってものを堪能したいしね」

「しかし、本当に西王母さまは黄帝さまと対になったのか……」

「戎宣どの」

諦めきれない天馬を促して、拠比は先を急ごうとした。僕僕のおかげで計見の機嫌は良くなった。気が変わらないうちに蓬萊山を離れたかったのだ。

5

炎帝側の領域に入る前に、もう一度壁の間の大地に拠比は目をやった。神仙が入ることを禁じられた大地に、人が群がり集まっている。水の気配が、その速さと大きさを伝えている。だが、それが何を意味するのか拠比にもわからない。

「……ともかく戻ろう。炎帝さまもこの異変をご存知だろう」

そのまま朱天に入ったところで、狰《そう》が迎えに来てくれていた。

「良かった。やっぱりお前たちか。誰かが壁の向こうからくる気配がしてね」

狐や鼬《いたち》によく似た獣の姿をしているが、かつて力があった頃の拠比と対を組もうと願っていたほどの神仙である。

「やけに大回りしてきたね。どうやって壁を抜けてきたんだ？」

拠比が事情を話すと、

「炎帝さまは本当に黄帝さまや西王母さまと仲違いしてしまったんだな」

そこに衝撃を受けたようであった。

「だが、計見の様子を見ても、心底憎らしくてやっているというわけでもなさそうだ。まだ望みはある。炎帝さまのお考えが正しい道だと示すことができれば、黄帝さまもあんなバカげたことは止めて下さるよ」

だといいが、と狰の表情は晴れない。

「あの壁は俺たちくらいまで力を落としていても、もはや仙骨があるだけで通ることはかなわなくなっている」

「端っこの様子は？」

「天地が広がるのを追いかけるように壁も伸びてきている」

拠比の言葉に狰は長い嘆息を漏らした。

「天地の端もだめか……」

「しかも、壁の間の時の流れまで変えるという乱暴ぶりだ」

「天地の気の流れがそれでおかしくなっている」

狰はうんざりした表情である。

「それで、炎帝さまはなんと？　そろそろ黄帝さまに対抗する宝貝《パオペイ》ができたのではないか」

戎宣はそれが気になるようだった。

「〝何を熱くなっているのかは知らんが、放っておけ。そのうち拠比たちが『一』の欠片を集めてくれるから、それで一発思い知らせてやるわい〟と言ってるよ」

狰がする炎帝の物まねに、僕僕はくすくす笑っている。

「笑ってる場合じゃないよ」

そうたしなめつつ、狰もくふくふと長い鼻を鳴らして笑ったが、すぐに真顔に戻った。

「ともかく、炎帝さまがお待ちだ」

「さすがに僕僕は疲れ果ててしまったようだな」

しばらく猙と戎宣が話をしている間に、僕僕はうとうととまどろみ始めた。

「計見に壁を開けさせる際に、あの子の果たした役割は大きかったよ。拋比の腹を満たすから対になっているというわけではなさそうだ」

「へえ、拋比、そうなの？」

猙は目を細めて眠っている僕僕を見た。拋比が頷くと、

「役に立ったんだ」

少し棘のある言い方をした。

「あんな神仙の出来損ないが拋比の役に立つなんてね」

「それを言うなら、俺も戎宣どのも今は出来損ないだよ」

「そういう意味じゃないよ」

猙はしばらく俯いて体を震わせると、三人が乗れるほどに大きくなった。

「行きましょう」

拋比は僕僕を抱き上げ、猙の背中に腰を下ろした。猙が地を蹴ると一気に地上の全てが小さくなる。雲を無数に突き抜け、地上の緑がどんどん濃くなっていく。

「ようやく炎天に戻ってきたか」

戎宣はほっとしたが、拋比の気分は重かった。

「せっかく完成させた鏡を盗まれてしまったのですよ」

「……そうだった」

「何と申し上げればいいのか」

「ありのまま言うしかあるまい。どう言い訳をしたところで、『一』の欠片を見つける方策を新たに教えてもらわねばならない」

炎天の中心が見えてきた。神仙たちが住まう庵や洞が点在するその向こうに、巨大な繭のようなものが見える。その頂から白い煙が出ている。何かを作っているか実験している証拠である。

「狰、炎帝さまは俺たちの失態をもうご存知なのか」

「いや、もう『一』の欠片を揃えて持ちかえってくるものと楽しみにされている」

拠比と戎宣は青くなって顔を見合わせた。僕僕だけは、静かに寝入っている。やがて狰は炎帝の工房の前に降り立つ。扉は大きく開いており、中からは槌音や何かが噴き出したり破裂したりする音がひっきりなしに響いてくる。

「さあ、炎帝さまに報告して来い」

「叱られて来い、じゃないのか」

「そうかもね」

狰は片目をつぶって飛び去った。工房の隣に、小さな石造りの建物がある。目覚めた僕僕は拠比に、あっちに行ってもいいか訊ねた。

「ああ、いいよ。あそこにはお前の育ての親がいるんだったな」

うん、と頷いて僕僕は駆けていく。

「あいつが叱られる必要はないですよね」

「全くだ。あの子は十二分に働いている。情けないのはわしらだ」

二人はため息をついて、工房の中へと進んでいく。ほんの短い距離なのに、随分と長く感じる。

「わしら、炎帝さまに叱られるのが本当に嫌なんだな」

「そう思います。炎帝さまの所まで中々たどり着かない」

そのうち、拠比は本当に不安になってきた。左右に並んでいる得体のしれない道具や薬丹の瓶は、見慣れた光景だ。だがそれが全く変化しないし、工房の中心からの音も近付いてこない。

「これ、何かの術にかかってるんじゃ……」

戎宣は拠比を背中に乗せて駆けだそうとしたが、すぐに足を止めた。

「炎帝さまの術中にはまっているなら、じたばたしても無駄だ。工房の中にしか効いていないということは、まだ実験中だろう。間もなく術は閉じられるはずだ」

その言葉通り、工房の奥から聞こえてくる音に変化が生じた。さわさわと軽やかな音

と共に、見上げるような毛玉が転がって来る。二人の前で止まった毛玉に大きな目玉が開き、

「お前たち、こんなところで何をしとるんだ」

と不思議そうに言った。

6

「旅の報告に参ったのですが……」

「それよりお前たち、この通路はどれくらいに感じた」

戎宣の言葉を遮って身を乗り出した。

「この通路ですか。炎帝さまの術がかかっていたのか、とてつもなく長く感じました」

「長くだと！　ああ、失敗だ、失敗だ。長くするとは何たること」

訳が分からず、拠比たちは炎帝の次の言葉を待つしかない。

「わしは短くしたかったのだ。この術が完成すれば、万里の道もただ一歩、天地の思う場所にすぐ行けるようになるのだ」

「それでは自分や狰の働き場所がなくなりますな」

「そうはならんさ。わしらには時がある。時がもてあますほどあるのに、急ぐ必要はあるまい」

「では何故このような術を」

　炎帝はわずかに目を伏せた。

「軒轅の奴は、神仙が力を使うことが天地の気を損なうと言っておるのだろう？　我ら神仙は雲に乗り、風をあやつり、地脈を走る。その時、確かに天地の気を使っている。仙丹を作るなとはさすがに言えぬから、他のことで節制出来ないかと考えてな……。だがまだまだ道は遠いわい」

　炎帝は背を丸めて工房の奥へと戻っていく。拠比たちは慌ててその後を追う。そしてようやく、鏡にまつわる旅の顛末を話した。

「ああ……鏡を奪われたか……そうか」

　工房の中心には円形の大きな座《くら》が浮かんでいる。炎帝が呼ぶとその座は足もとまでやってきて、主を乗せてまた浮き上がった。元の位置に戻って炎帝がまたこちらを向いた時、その表情は呆然となっていた。

「導尤はどうした」

「最後には鏡の完成に力を貸してくれたのですが、梅淵《せんえん》の火口へ自らを封じました」

　嗚呼、と炎帝は頭を抱えた。だが、すぐに顔を上げて戎宣に詰め寄る。

「しかも、鏡を奪われたということは、軒轅のやつも『一』を探そうとしているわけだな」

「それはまだわかりません。黄帝さまの手の者は、幻の食材を探すというわしらの偽の言い分を信じておるようですが……」

だが、黄帝側にいるのはあの間抜けな三人組のような神仙ばかりではない。

「鏡の力を見抜かれるのも時間の問題かと思われます」

戎宣の言葉に炎帝は頷く。

「いや、それはない」

「と言いますと?」

「あの鏡は抛比の仙骨に呼応して働くようになっている」

「早く言って下さいよ……」

抛比はほっと胸を撫で下ろした。

「だが、まずいことに変わりはないぞ。『一』を探す手立ては失われた」

せっかく一つ手に入ったのに、と抛比が落ち込んでいると、

「何、一つは手に入れたのか!」

飛び上がらんばかりに炎帝は喜ぶ。

「ならば話は別だ。いま誰が持っている」

「僕僕の袋の中に……」

「すぐにここに持ってくるのだ。早く、早く!」

戎宣は慌てて呼びに行ったが、中々帰ってこなかった。

第三章　壁の間、人の国

※

香ばしく焼ける肉の香りが、村に広がった。臭いがきつい、硬いなど誰も言わなかった。己の血と肉になる何かを口にできた喜びに、人々の笑顔が弾けていた。

辺火《へんか》の妻も安堵の表情で夫を見つめ、肉を分けてもらって微笑んでいた。その腕の中には、生まれたばかりの息子が抱かれている。

喁《アギ》の大きな体は、瞬く間に骨になっていく。白く美しいあばら骨で打ち合う子供たちは、先ほどまでの飢えを忘れたかのようだ。

一歩間違えば、自分たちがああして喰われていた。狩りをして生きていれば、何かの命を恵みとしていただかねばならない。

剪吾《せんご》はそんな人々の喜びの輪から離れ、黙然と座っている女たちの傍に歩み寄っていた。手には山芋の粥に喁の肉を入れた碗を持っている。

「あなたたちの大切な人たちが命を捧げてくれたおかげで、村の皆は命を繋ぐことができた」

碗を差し出すと数人が顔を上げ、気丈に頷いた。

「夫も誇りに思って死んでいったはずです。剪吾さん、あなたと族長のことをいつも言っていました。あの二人に任せておけば村は安泰だ。辺火さんの強さと獲物を見つける勘と、それを支える剪吾さんが俺たちを飢えさせないって」

剪吾はぐっと言葉に詰まった。

「あなたたちも食べてくれ」

女たちと共に悲しみにくれていた子供たちがまず口をつける。悲嘆の気配が一瞬、晴れて笑顔になる。子に勧められるままに母たちも粥をすすり、互いに顔を見合せて頷いた。

「狩りに行くことを、夫は楽しみにしていました。あなたの作るものには不思議な力がある。狩りの旅は飢えと疲ればかりで苦しいはずなのに、また行きたいと思うのはあなたのおかげだ、と」

「飢えさせない代わりに、死なせてしまった」

剪吾は涙を流し、謝った。

「涙も謝罪も不要です」

同じく涙を流しながら、女たちは言う。

「悲しむ代わりに、夫たちの勇敢さを皆に伝えて下さい。父を失った子供たちが胸を張って生きていけるように」

もちろんだ、と力強い声がして、剪吾の背後に長《おさ》が立った。

「彼らの命は俺の中にある」

そう言って胸を指す。

「俺と村の人たちのために捧げた命は永遠に称えられなければならないし、そのために、この先も生き続けなければならない。そして先に逝った兄弟に俺は誓う。今日より、俺に従う者が飢えに死ぬことのないことをな」

思い切ったことを言う、と剪吾は辺火を見上げた。だが辺火は、肉の脂でくちびるの周囲を光らせた村人たちにも、大きな声で同じことを言った。

「飢えさせない、ってどうするんだ。獲物を持ってきてくれて俺たちは命を繋いだ。だが、この先何年も食えるわけじゃない」

村人の一人がそう言葉を返した。

「だから、この先何年も、何十年も、食える方法をとればいい。俺たちはもう、狩りをしない」

族長は気が触れたのか、と囁き合う者もいる。

「俺は天地の恵みを受けた。それは何も、ただ神仙のお恵みを願うだけではない。自らの手で大地の姿を変え、大河の力を引きよせ、受ける恵みを大にし、災いを小とする」

「狩りをせずとも獲物が手に入るということか？」

「間違ってはいない。これからは獣を狩るのではなく、自ら育て、殖やす。皆が山の中を歩き回って獲物を探す必要はない」

辺火は皆に、旅立つ用意をせよ、と命じる。

「どこに行くのだ」

「ここから数日西に行けば、一面の沃野が広がっている」

確かに、ある。川に沿った平原で、丈の高い草が生い茂っている。獣といっても小さくすばしっこいものしかおらず、時に魚を釣りに行く程度の場所だ。

「これから我らの住まう場所は、そこだ。村を大きくし、人を増やし、我らに従わぬ者は容赦なく倒し、従う者には兄弟の礼をもって接する。我らは常に兄であり、勝者とならねばならぬ。もし敗北すれば、あのようになることを忘れるな！」

辺火は喁の骨を指した。

人々は魅入られたようにその言葉に頷き、諸手を挙げて賛意を示した。これまでにない熱狂が辺火の中に渦巻き、それが己の中にも入って来るのを感じる。あの時、剪吾のもとへとやってきた光が、その熱に応じて光を放ち始めていた。

辺火の中にある力とそれが惹き合っている。だが、辺火がそれに気づいた様子はない。

——あの男を支えよ。

そう光が告げていた。

慌てて人の群れから離れ、膝に手をつく。

「お前も辺火のそれと志を同じくしているのか」

胸元に手を置く。あの狩りの時、もう自らの命も絶えようという間際、剪吾は祈った。もう誰も、飢えさせたくない。誰しもの腹が満ち、美味に笑える毎日が来れば己の命などどうなってもいい。

——その願い、聞き届けたり。お前があの者を支え続ける限り。

光は言った。

とてつもない力を、辺火は己と仲間たちを救う力と信じていた。だが、剪吾はそこまで信じ切れなかった。

「助けてあげようか？」

白き衣に白き髪、そして白い肌に赤い瞳をした少女が剪吾の前に姿を現したのは、その時のことであった。

1

長い長い通路の中から、僕僕《ぼくぼく》は出られずにいた。見憶えのある場所ではある。左右には大きな壺や瓶がぎっしりと並び、怪しげにうごめいたり煙を吐いたりしている。窓からはうららかな炎天の空が見えているが、雲は風にたなびくこともなく、同じ場所に留まっている。

「拠比《きよひ》！　戎宣《じゆうせん》！　猙《そう》！」

呼んでも答えはない。

歩いているうちに、僕僕はお腹が空いてきた。食材や料理道具を入れた袋があるのは幸いだった。袋を探ると、小さく丸いものが指に当たる。柔らかな毛に覆われたそれを、いつの間に袋に入れたのか、僕僕には覚えがなかった。

その果実はほのかな薄紅に染まり、かぶりつけば艶やかな香りとたっぷりとした果汁が口の中に広がる。糖蜜に似て、それより遥かに品のよい甘みが舌を洗ってくれることだろう。うっとりと眺めていると、

「我を食え」

〝桃〟が不意に言葉を発した。

僕僕が慌てて桃を手放すと、弾んで転がり壁にぶつかる。壁は奇妙な弾力をもって桃を跳ね返し、また僕僕の手元に戻した。

「我は蓬萊《ほうらい》山の蟠桃《ばんとう》だぞ。言葉を発したくらいで驚くでない。我が役目は神仙に永遠の

命と天地の間に隠れなき力を与えること。お前、桃を食す機会があったにもかかわらず、計見《けみ》さまに振る舞ってしまったであろう。我はそれを憐れみ、こうしてお前のもとに馳せ来たりしものなり」

桃は左右に体を振りつつ、威厳と共に言った。

「そうなんだ」

僕僕は拾い上げた桃を食べず、懐にしまった。

「おい、腹が減っているのではないのか」

「神仙はお腹が空いてキミを食べるわけじゃないでしょ」

「我をその手に握る者と一体となってはじめて、我が務めは終わる」

「そうなんだね」

結局桃を懐に入れたまま、僕僕は再び歩き出す。炎帝《えんてい》の工房に戻ってきているはずなのに、いつまでも盤と盆のもとにたどり着かないとはどういうことだろう。そのことの方が気がかりだったのだ。

「おい、ちゃんと話を聞いておるのか。我を欲しているなら食えと言っておろうが」

「聞いてるからちょっと黙ってて。ここから出る方法を考えてるんだから」

「ここはどこだ」

「炎帝さまの工房だよ」

桃は僕僕の頭の上に飛び乗って周囲を見回した。

「ここがあの名高い……」

「桃なのに知ってるの？」

「蓬萊は天地の風の源であり、帰り着く場所だ。風はあらゆるものを見て、あらゆる音を聞いてくる。そうして偉大なる蟠桃の木を吹き過ぎていくのだ」

そんなに物知りなら、と『一』の欠片《かけら》のことを訊ねた。だが、

「知らん」

とあっさり首を振る。話しているうちに腹が鳴る。もう一度袋の中をまさぐると、小麦の粉と酪《らく》が出てきた。

「これで何か作るよ」

「仙丹の材料にしては貧弱だのう」

桃はしげしげとそれを眺める。

「普通は神獣の肝だとか、霊峰に生えた茸の類だと思っていたが」

「それこそ神仙の力を増すためのもので、腹を満たすものじゃないんだよ」

僕僕も掌の中で粉を練りながら、考えていた。まずはこの通路から抜け出さなければならない。どれほど歩いても、周囲の風景は一向に変わらない。

「これ、炎帝さまの作った道具の力だよね」

僕僕はそう考えるに至っていた。

「炎帝さまの工房にあるなら実《まこと》にそうだろうが、何のための道具なのだ」

桃は跳ねて天井や壁にぶつかってみるが、柔らかい壁に阻まれて出られない。

「それがわかればいいんだけど」

僕僕は生まれてまだ間もない神仙だ。だが、炎帝の近くで食事を作る神仙、盤と盆の子として育てられている。炎帝が日々何かを作り上げ、数え切れない失敗を重ねているのを目にしていた。

「ただ、炎帝さまは意味のない失敗はしないって、父さんも母さんも言ってた」

「そうかね」

桃は疑わしげに言った。

「山の神仙はそんな風には考えていなかったぞ。炎帝さまの小さな失敗は良いのだが、大きな失敗をして窯が爆発すると蓬莱山まで鳴動するのだ」

「そんなに？」

「お前たち炎帝側の神仙は慣れ過ぎているのだ。本来、神仙は何かにつけて敏感な連中だからな」

それぞれに飛び抜けた力があるせいで、変化に敏いのだという。

「僕僕よ、お前は何の神仙なのだ」

「ボクは料理の神仙だよ」

「料理……それは一体なんんだ。蓬萊の風を受けて見聞の広い我だが、それは聞いたことがない言葉だ」

「見てればわかるよ」

僕僕は口笛を吹いて獯獯《くんくん》と洵洵《じゅんじゅん》を呼び出し、小さな竈《かまど》の用意を始める。袋の中から取り出したのは、燻製にした豚のあばら肉である。強く塩をきかせて半ば干した塊からは、強く香しい肉の香りが漂っている。

獯獯がつけた火の上に平鍋を置きその上に厚く切った肉を乗せると、ぴしぴしと脂《あぶら》の跳ねる音が響き始める。

「あれ、調味料が塩しかない……」

袋の中に顔を突っ込んでいた僕僕は、通路の両脇に並んでいる瓶を片っ端から開け、ひとなめしては顔をしかめる。その度に髪が逆立ったり体が伸び縮みしているが、本人は気づいていていない。

「おい、それは勝手に口にしていいのか」

答えようとした僕僕は全身から雷を発し、危うく桃を焼き尽くすところであった。

「ごめん、悪気は……」

と謝るたびに雷霆《らいてい》があたりを覆う。

「わかったからやめんか！」

桃は跳ねて逃げ回り、ようやく雷が落ち着いた時には、薬液の入った瓶の多くは粉々に砕け散っていた。色とりどりの粉や液が僕僕の頭や衣にかかり、大変な騒ぎになっている。

「炎帝さまが錬成された仙丹の類を勝手に服したりかぶったりしてよいのか」

「大丈夫だよ。料理に使えそうもないのばかりだった。でも……」

凄い力を感じる、と呟いた。

「当たり前だ。炎帝さまの調えられた薬だぞ」

「これでボクも凄い神仙に？」

「普通は少しずつ薬丹の強さを上げていくと聞いていたが、平気なのか？」

「今のところ大丈夫みたい」

けろりとして僕僕は答える。

「これ、どうやって作るんだろう」

「仙丹は神仙の奥義だから、そうそう教えてはもらえないだろうが、もし気になるなら炎帝さまに訊ねてみればいい」

「拠比もこれを飲めばもっと強くなれるかな……。いや、だめだ。ボクの料理のみで強い拠比になってもらわないと」

「ともかく、お前さんの騒ぎを何とか納めてくれ」

桃は壺の陰から叫んだ。それにも構わず雷神になったり炎を噴き上げたりしながら、僕僕は一つの瓶を得意げに差し上げた。

「これならいけそう」

明るい橙色をした液体を平鍋の縁から回し注ぐと、肉の香りと混じって甘く芳醇な香りを一面に漂わせた。

「付け合わせにするようなものは見つからなくて、ちょっと殺風景だけど」

先程の小麦粉と酪を練って焼いたものと干した紅柿の実を添えて、皿の上に盛り付けた。

出来上がったひと皿を見て、桃は驚いている。

「我は食われるためにいるからな。しかし、これまで神仙たちが薬丹を練るのは随分見てきた。似ているが、少し違うな」

「ボクの対は拠比というんだ。彼のために食事を作るのがボクの役目」

「拠比というとあの水の戦士か」

桃は驚いたようにぴょんと飛び上がった。

「そもそも水の流れは永遠無窮、自在に姿を変えて遍在するのがその性だ。果たして飯を食わねば力が出ぬ、など在り方そのものが変わっておる。炎帝さまのお力とはいえそのような変化《へんげ》が出来るのか」

「さあ?」

僕僕は炎帝が拋比に施した術の詳細はわからない。神仙の成りたちを根元から変えるような術を使えるのも、炎帝をはじめ限られた神仙だけだ。

「それにしても僕僕の食事を作るという術、力のほどはわからぬが実に楽しそうにやっているな」

「料理は楽しいよ。食べてくれる人のことを思ったり、思い描いている味を作れた時の喜びを考えると楽しくて仕方ないんだ」

なるほど、と桃は僕僕の作った料理を見下ろした。

「同じ食われるにしても、そこまで気持ちをこめてもらえたら嬉しいだろうな。蓬萊の桃は極上でそれ以上はない味だと称賛されるものだが、それを超えることができるのか?」

「料理する、とは元の味を生かし、超えることだから」

もう一度、桃は皿を見下ろす。

「神仙は己の力の限界を広げるために仙丹を服す。僕僕の料理は拋比の腹を満たし、満足させるためだけにある、というのか」

「キミも食べてみなよ」

「いや、我は食われる立場であるから……」

と言いつつも、気になっている様子は隠せなくなっていた。

「それに、この料理というやつは体の何処からか体内に取り込まなければならないのだろう？　我は蟠桃の木と繋がることで大きくなり、味わうという行いを知らない」

「じゃあ姿を変えてみればいいじゃないか」

「何と……」

蟠桃は驚いたように跳ね回った。

「神仙に食われて永遠の命と無限の術の源となる我に向かって、自ら術を使えと申すか」

「だって、普通に話してるし動いてるし、炎帝さまの仙丹の粉をかぶったりしてるから、できるんじゃない？」

僕僕からすると、これほどの桃が桃の形でしかいられないのは、かえって不自然なことであった。

「変化の術、か……」

桃は黙り込んだ。しばらくすると、桃はやがて小刻みに震えだす。桃色の光が少しずつ強くなり、あたりを覆う。僕僕が眩しさに思わず目を庇った瞬間、どん、と地面が揺れて転んでしまった。

腰のあたりを撫でながら体を起こすと、そこには無残にも砕けた桃の破片が散らばっている。

「桃くん!」

辺りを探すが姿はない。だが、桃が爆発したあたりに、不思議な穴が開いていた。

2

これまで延々と同じ景色だったのに、穴の中だけが奇妙に歪んでいる。覗き込んでみると、そこは紫とも黒ともつかない、濁った色が渦巻いていた。桃を呼んでも、答えは返ってこない。

「そんな大声でがならなくても聞こえておるわ」

振り向くと、そこには桃色の甲冑《かっちゅう》に身を固めた老将軍が立っていた。

「桃くん?」

「そうじゃ。我が桃くんである」

「思ったより立派な姿になったね」

「その桃くんていうの止めてくれるか。もう少し立派な名前がいい」

僕はしばらく考え、

「桃稔《とうねん》、っていうのはどう?」

桃はしばらく口の中で繰り返し、悪くない、と桃色の髭をひねった。

「我は蓬萊の蟠桃の中でもっとも古い大樹に成った。何千劫《こう》という時を蓬萊の清らかな気の中で過ごし、ここまでの力を得たのだ」

「誰も食べてくれなかったんだね……」

僕僕が気の毒そうに言うと、桃稔は顔を覆う。

「それを言わんでくれ。これも縁がなかったというやつだ」

「ボクとはあるの」

「我があると感じたのだ。きっとある」

老いた桃の精は胸を張った。そして、目の前の皿を見て手を叩き合わせる。

「食べ方わかる？」

「口のある神仙が蟠桃を食べるところは見ている」

そう言うと、手づかみで食べようとした。

「それでもいいんだけど……」

僕僕は袋の中から、いくつかの道具を取り出した。二本の細い木の枝を整えたものや、先が三つや四つに分かれた木器である。

「炎帝さまは毛を使って食べるからいらないんだけど、拋比は四肢を持つ姿をしているからこういう道具がある方が便利でしょ。箸っていう名前にしたんだ」

桃稔は箸をどう扱っていいかわからず、四苦八苦していた。

「蓬莱の風もこれの使い方までは教えてくれなかった」

「最近できたものだからね」

僕僕が何度か手本を見せてやるが、やはりうまくいかない。

「ええい！」

苛立った桃稔は皿を抛《ほう》り上げて腰の剣を抜くと、一閃させようとした。だが僕僕はひょいと飛んで皿を取りつつ、長い菜箸でその剣を受け止めた。

「食べ物を粗末にするのは許さないよ」

桃稔は驚いて剣を収め、ごくりと唾をのんだ。

「ついかっとなってしもうた」

謝る桃稔に、僕僕は先が三つに分かれた道具と、木の小さな剣を手渡した。

「食戟《しょくげき》、食剣というんだ。勇ましい桃稔にはこちらの方が合ってるかもね」

「確かに三叉の戟と剣だ」

桃稔は手に取ると、今度は器用に口に運び始める。一口含んで目を見開き、次々に口に運んではため息をつく。

「どう？」

「……我はこの感慨をどう表していいかわからない」

「ぴったりの言葉があるよ」

僕僕に教えられた言葉を、桃稔は口の中で繰り返す。美味は心を動かし、明るくする。僕僕は蓬萊の桃の精も同じく喜びを感じていることが嬉しかった。だが、桃稔の表情はやがて曇っていった。

「拠比はこの喜びを常に得られる代わりに、水の神仙としての力の大半を失ったのか……」

桃稔が食事を終えるのを待って、僕僕は道具の一式を袋に入れて立ち上がる。

「ここから出られそうだよ。キミが変化した時に大きな爆発が起きて、通路に穴が開いたんだ」

「そんなことが！」

早く言え、と桃稔は周囲を見回す。延々と続く廊下の景色の一角に、不自然な黒い穴が開いている。穴に近づいて中を覗き込む背中に、僕僕は近づいていく。

「不思議じゃ」

桃稔は首を捻る。

「料理というものは香りを立てる。我が体にもその香りがしみついておるのかな」

「それはあるけど、すぐに匂いがしみつくものでもないよ」

「そうか……穴のあたりが香る気がするのだが、我は香りを感じるという行いにもまだ慣れておらぬ。蓬萊の風は芳しい香りを運んで来るが、それは実である我自身が感じるというより、枝から伝えられる感覚でもあるのだ」

　へえ、と僕僕は感心した。

「別に鼻から嗅がなくてもいいんだね」

「神仙だってそういうのがいくらでもおろう」

「確かにそうだね……」

　神仙の形はそれぞれに違う。僕僕のような姿をしている者の方が、むしろ少ないのだ。

「ともかく、料理というものの妙を味わうにはそれなりの姿が必要であり、この穴の先にはそういった姿をしている者たちがいるということだ」

　僕僕も穴の中に顔を突っ込む。闇が渦を巻き、禍々《まがまが》しくて恐ろしさすら感じるのに、そこから漂ってくる香りは、僕僕が愛して止まない、調理の途中で放たれる香りだ。それでいて、僕僕が盤や盆から教えられていない何かが秘められているように思えた。

「行ってみたい」

「それは危うい」

　桃稔は僕僕を止めた。

「中がどうなっているか、我にも見えぬ」

「ボクにだって見えないよ」

「お主な」

　桃稔は穴の中に飛び込みそうな僕僕を引っ張り出した。

「神仙を何と心得ているのだ。太極を魂魄《こんぱく》に宿し、永遠の命ととてつもない術力を持つ、この天地で最も尊い存在であろうが。どのような壁であろうと見通し、闇を昼の光のごとく感じられるのだろう？」

「ボクは抛比の料理を作るために生まれてきたわけだから、それ以外の力はそれほどでもないんだ」

「我にはそうは思えぬがな。先ほど得体のしれぬ仙丹たちに触れてから、何やら異様な気配がお主の中から湧き出しておる……」

　僕僕には実感がなく、そうかな、と言うにとどまった。それより気になることがある。

「ともかく、匂いが気になるからボクは先に行くよ」

　桃稔が再度止めようとした時には、僕僕は穴に飛び込んでいた。

3

　ここは何だろう、と僕僕は闇の中を落ちながら考えていた。

　どこか懐かしいようで、恐ろしくもある。しんと静かなようで、誰かがひっきりなしに話しかけているようにも思える。先だって拠比たちと見た天地の端に似ていると思ったが、あれほど活気に満ちているわけではない。

「僕僕、我を永遠の迷路に置いていく気か！」

後ろを振り返ると、桃稔が手の先から桃の枝を伸ばして足首に摑まり、一緒に落ちている。

「ここ、何だろうね」

「不思議だ」

桃稔は周囲を見回して唸る。

「我が実をつけていた母なる樹がまだ若芽だった頃が見える」

だが僕僕にはそのような光景は見えない。ただ、嗅いだことのない一皿の香りが、僕僕を誘っていた。

落ちていくにつれて、香りはどんどん強くなっていく。香りだけではない。熱い鉄に水分がぶつかる時の、あの快く、軽やかな音も聞こえてきた。

この先に、自分と同じ務めを果たす者がいる。嬉しくなった僕僕が闇の中を落ち続ける。

すとん、と着地した僕僕の顔に、ふわっと温かい風が吹きつけた。風は強い香りを伴い、香りのもととなった食材と、それがどう調理されたかが、僕僕の心に映し出されていく。

「猪の脂が焼ける香りの中に、八角と迷迭香《まんねんろう》が強くきいている。塩や酒で下味をつけられた肉から流れ出した脂はさらに肉へと戻って味となり、火は寸刻ごとに加減されて肉に負担がかからないように工夫されているね……」

かなりの腕前を持つ料理人がこの先にいる。目を閉じてうっとりとしている所を、誰かにぶつかられた。転がった先には厨房の炎が立ち上り、筋骨逞しい男たちが並んで鍋を振っている。

だが、怒号も聞こえる。声のする方を見ると、一段高いところでひときわ大きな鍋を振り、すさまじい速さで包丁を操る男の姿があった。僕僕も見とれるほどの、速さと確かさであった。ただ、その横顔は険しく、常に誰かを叱りつけている。

「楽しくなさそう……」

僕僕は目をそらしてあたりの様子をうかがった。

穴から漂っていた香りは確かに残っているが、他にも無数の芳香と音が行き交っている。肉の焼ける音、柑橘の放つ鮮やかな香り、鼻の中で弾けるような香料の匂いがぶつかり合い、渦を巻いている。

頭上を見上げれば、炎帝の工房のように高く丸い天井があり、そこに全ての音と香りが集まって、出ていく。丸天井の中央に小さく穴が開いているのが見える。穴の向こうには青い空がわずかに見えているが、一緒に落ちてきたはずの桃稔の姿はない。

「おいおい、こんなところでぼんやり立ってるんじゃねえ」

怒鳴られて見上げると、一際体の大きな白衣の男が立っている。両手には水の入った桶を提げており、その水は半ばこぼれて僕僕にかかっていた。

「あれ、百樹《ひやくじゆ》？」

「げ……」

僕僕が声をかけると、男は一言呻いて顔を背け、黙って立ち去ろうとした。

「美豊《びほう》と望森《ぼうしん》は？」

百樹は黄帝軒轅《こうていけんえん》に仕える低位の神仙の一人である。

「おう、随分と久しぶりじゃねえの」

「久しぶり？　少し前に会ったじゃないか」

僕僕が首を傾げると、百樹は笑った。

「ああそうか、お前は知らないんだな。壁の間は俺たちの場所とは時の流れが違うんだ。人は弱っちいから、神仙の時の流れだとすぐ死んじまうんでな。員神《いん》の弟を黄帝さまと西王母《せいおうぼ》さまで生み出したんだよ」

僕僕が顔を上げると、太陽が目に入る。

「何も変わらないように見えるけど」

「壁の中の一年は外の一日さ。おかげでゆっくり仕事ができるってもんだ」

「仕事って、また祈りの力を集めるってやつ？」

「いや、まあ……こいつらが悪さをしないように見張ってるってとこかな」

「何年も？　大変だね……」

「うるせえな。お前たちが来たことも、きっちり白仁子《はくじんし》さまには報告してやるから。人間どもは黄帝さまが創ったんだ。横取りは絶対に許さねえぞ」

「ねえ、導尤《どうゆう》さんと希瞳《きどう》さんの鏡、返してくれない？　あれがないと幻の食材を探せないんだ」

「しらねえな」

あれがないと、僕僕たちの旅はあてのないものとなってしまう。慌てて百樹の後を追うと、井戸の傍に座って、一休みしていた。逃げ出そうとしたが、開き直ったように座り直す。ふてぶてしく笑うと、懐の中から饅頭を取り出して頬張った。

「ボクにもちょうだい」

僕僕が手を出すと、百樹は無視した。だが、そのまま手を出し続けていると、

「何でお前にやらなきゃいけないんだよ」

と言いつつ饅頭を渡してくれた。

「みんな働いてるのに、百樹だけが休んでる」

「下賤な人間どもは汗水たらして働けばいい。高貴な神仙はその様子を黙って見守るのだ」

偉そうに言う百樹の衣は汗で色が変わっていた。

「ここ、どこなの？」

「人が作った国だ」

「国……」

「王がいて、民がいる。王は民のために国を治め、民は王のために力を尽くす。どうだ。美しいだろう」

「ちょうどボクたちが炎帝さまに仕えるように？」

「ちょうど俺たちが黄帝さまに仕えるように、だ。人という生き物は元々、黄帝さまが神仙の姿を元に、作ったものだからな。やる事も似てくるんだよ」

どこか忌々しそうな口ぶりであった。

「黄帝さまの真似をしているなら、いいんじゃないの？」

「真似と本物は違うんだ」

二つ目の饅頭を飲み込み、百樹は大きなげっぷをした。

「黄帝さまの叡智があってこそ、その行いは実を伴うんだ。神仙に遠く及ばない愚かな人間どもが真似したところで、同じようにできるわけがない」

「そうかな……」

僕僕は昔花《せきか》たちのことを思い出していた。人は確かに、神仙に比べれば力もなく、天地の変化に対して祈ることしかできない。そのように黄帝に作られている。だが、僕僕が出会った少女、昔花や巫女《みこ》の子尼《しに》は、僕僕が普段接している神仙よりも愚かだとは思えなかった。

「黄帝さまが考えて作られたんだから、賢いんだよ」

「やけに肩を持つじゃないか」

百樹は鼻を鳴らした。

「ま、お前も言うなれば炎帝さまの作った『人型』だからな。黄帝さまが人間どもを作ったのが羨ましくてその形にしたんじゃないのか」

「どうなんだろ」

「興味なさそうだな」

「一応ボクも神仙の端くれだから。姿や形はかりそめのものでしょ？」

「だがそれぞれの魂魄の居心地がいい形というのがある。お前はその形が一番性に合ってるから、人の姿をしているのさ」

「百樹はその姿、あまり気に入ってないんだ」

「性に合ってるわけじゃない。黄帝さまと白仁子さまが言うからそうしてるだけだ」

三つ目の饅頭まで食べ終わると、百樹は桶に水を満たして立ち上がった。

「ここ、どこなのかまだ教えてもらってない」

「人間どもの作った国だって言っただろ。後の事は自分で調べな」

4

ついて来るなよ、と百樹は何度も振り返りながら去った。

「そんなに嫌がらなくてもいいじゃないか」

ついて行こうとしながら僕僕は言う。

「うるせえ。俺は忙しいんだ」

そう言うと、土遁《どとん》の術を使って姿をくらましてしまった。

井戸は厨房の外にある。そこは小さな庭のような設えになっていて、誰かが手入れをしているのか雑草は生えていない。植えられた牡丹が華やかに咲いていた。

厨房は高い壁に囲まれていて、壁沿いには果樹が並んでいる。梨、柿、苹果《りんご》、ときてある一本の前で僕僕は足を止めた。

「桃稔も無事に着いてたんだ」

「ばれたか」

桃の木はぴょんと飛び上がると、桃色の甲冑に身を包んだ老将軍に姿を変えた。

「ひどい目にあったぞ」

穴を落下している際に元の桃の実に戻った桃稔は、厨房のまな板の上に落ちたのだということ。

「しばらく目を回しているうちに、危うく身ぐるみ剝がされるところであった」

「皮を剝かれそうだったってこと？」

「そうとも言う」

慌ててまな板の上から転がり落ち、追いかけてくる厨師から逃れるために姿を変えていたのだという。

「あそこから出てきたの？」

僕僕が天井の穴のことを言うと、はてそうだったかな、と首を傾げた。

「もっと上であったよ。闇の中を抜けて空から下を見ると、ちょうど黄帝さまの側と炎帝さまの側に築かれた壁が感じられた。その二つの壁の間にこうずうっと……」

落ちてきたという。

「とりあえずここを出て、拠比たちの所へ帰る方法を考えなきゃ」

「あてはあるのか？」

「ないけど、ここは料理をする人がたくさんいる。きっと何とかなるよ」

「適当なもんじゃな」

ここが人の国であるという百樹の言葉が本当だとすれば、これだけ大きな厨房があることの意味は明らかだった。昔花や子尼たちの村の何十倍も多くの人が集まっているはずだ。

井戸のある庭は小さいが、厨房と同じく高い壁が周囲を取り囲んでいる。その壁の上にひょいと飛び乗ると、同じような壁が何枚もあり、その間に黒く光る屋根が連なっている。

壁の上で呆然としていると、その隣に何かが飛んできた。

「あら、あんた本当にいたの。さっき百樹に聞いたけど、仕事の手を休める口実かと思っていたわ」

隣を見ると、大きな雉《きじ》が羽根を休めていた。七色の羽根を輝かせると、ふっくらとした美しい女性に姿を変える。袖と裾の長い華やかな翡翠色《ひすいいろ》の衣だが、裾はたすきで絡《から》げて動きやすいように工夫してあった。

「美豊も厨房の手伝い？」

「あんな人の多くて暑いところはいやよ」

心底嫌そうに袖を振って見せた。

「私のように見目麗しい者は給仕よ。これまでやったことなかったけど、中々面白いわ。黄帝さまの酒宴には侍ったことがあるけど、人の宴はまた違う趣があるね。私と望森は素質があるみたいで、もう王のお傍で働いているの」

楽しげな美豊はふと表情をあらため、

「あんた、私たちを追ってきたの」

「もともとは炎帝さまのところへ戻ろうとしていたんだ」

事情を話すと、美豊はけたけたとおかしそうに笑った。

「炎帝さまのところにもとんだ間抜けの神仙がいたものね。お傍近くまで行って迷いの術にはまるなんて」

「そんなこと言ってるけど、美豊たちもこの壁の間から抜ける方法がわからなくてここにいるんじゃないの」

ぎょっとなった美豊は顔だけが雉に戻り、また人のそれへと変わった。

「そ、そんなことあるわけないでしょ。尊い神仙として人の行いを知るために潜入して調べているのよ。私はもう行くわ」

その時、枝を伸ばした桃稔が登ってきた。

「お、我らの他にも壁の上を好む者がおったか」

よっこらと腰をかける。

「なあに、このくたびれた爺さんは」

「くたびれた爺さんとは随分な言い方だのう。黄帝さまのところのひよっこよ」

「ひ、ひよっこ？　あんた、どこの誰だか知らないけど、この美豊さまに喧嘩を売ろうっていうのかい」

美豊は柳眉を逆立てた。

「どこの誰だか知らない者をくたびれた爺さん呼ばわりするのが、黄帝さまのところの流儀なのかい。お前さんが白仁子さまに連れられて来た頃、力足らずして桃の実を得ることができず泣いていたのを憶えておるよ」

はっと身構えた美豊はそのまま手をついて罪を謝した。

「せ、西王母さまにお仕えする高仙さまとはつゆ知らず」

「残念。我は神仙に非ず。ただの桃であるよ」

「も、桃？」

美豊は赤くなったり青くなったりしながら、僕僕を見た。蓬萊山の聖なる力をその実に集めた聖なる果実であることを理解しつつも、美豊は戸惑いを隠さなかった。

「桃風情がこんなふうに変化できるなんて、聞いたことない」

「聞いたことがなければ起こり得ないとは、狭い了見じゃ」

からからと桃稔は笑った。

「それに、桃風情とは何という言い草じゃ。貴様は西王母さま以下、山の神仙たちが精魂こめて育て上げた聖なる果実を馬鹿にしておるのか。ならば、西王母さまにそのご無礼を申し上げてもよいのだぞ」

　桃稔の凄みに、美豊はしおれたように俯いた。

「そ、それは困ります」

「まあまあ、それくらいで」

　僕僕は桃稔を宥《なだ》めた。桃稔はしばらく、しょげている美豊を睨みつけていたが、ふと腕を前に伸ばした。腕からは枝が伸びて、小さな桃の実がなる。

「ほら、食え」

「これは……」

「お前さん、何かしくじったのであろう」

　美豊は恥ずかしげに顔を背けた。

「し、しくじってなんていませんよ。私たちは白仁子さまの密命を受けて人の国を調べて炎帝側の神仙がいたら邪魔するよう命じられているのですから。あくまで仕事です。仕事！」

「炎帝さまの神仙を邪魔するじゃと？」

「そ、そんなこと言いました？　ともかく、私たちは堂々とここで務めを果たしているのよ」

「そうかい」

桃稔は先ほどの不機嫌は嘘のように、壁の上で大きく伸びをした。

「蓬萊のお山ほど素晴らしい場所はない。天地を行きから数多《あまた》の風と音に触れても、蓬萊から出たいと思ったことなどなかった」

だが、と桃稔は言う。

「穏やかで清らか、静かで平らかだった天地の風に、妙な香りが混じるようになった。それは荒々しく穢れていて、騒がしく落ち着きがない」

しばらくして、桃稔はその風の源を知りたくなったという。

「そこに僕僕たちが現れたというわけじゃ。この子は神仙でありながら、我が知りたいと思った香りを伴ってきた。これまで我に縁ある神仙が山を訪れることもなく、長くお山にいるだけの日々にも飽きてしもうた」

だから老仙となって木から落ち、僕僕について行くことにしたのだという。

「もの好きがいるものねえ。でも、それってこの子の作る料理とかいうものの匂いでしょう？　それならここでたっぷりと嗅げるわよ」

「厨師がこんなにいるなんて、誰かが料理を教えたの？」

炎帝に捧げるための百味を研究している盤と盆が、人のもとに行ったという話は聞いていない。

「すごい厨師がいるのよ」

僕僕は目を輝かせた。

「中にいなかった？」

「美しく鍋を振る人はいた。ちょっと怖かったけど」

「そいつよ。剪吾っていうの。王宮の料理は彼が一手に仕切ってる。食神を名乗って、自分より腕のある者が現れたら命を絶つって公言してるわ」

美豊が言った時、厨房の方で何かが大きく爆ぜる音がした。

「炎帝さまが実験に失敗した時みたいだ」

僕僕が額に手をかざす。大きな丸屋根の上から、黒い煙が激しく吹き出していた。僕僕の嗅覚は、不愉快なものを感じていた。

「焦げてる……」

「火事で焦げくさいのではないか」

桃稔も鼻をうごめかしていた。

「違う。鍋から気が逸れているから、食材が焦げるんだ。しかも、あれだけいる厨師が一斉に気を取られるなんて、普通じゃない」

見に行こうとする僕僕を、美豊は止めた。

「あんたが行ってもどうにもならないわ。それに、何が起きてるかは大体予想がつく」

座りなさい、と美豊は僕僕を促した。

「予想がつくってどういうこと？」

美豊は壁の上を歩き、やがて厨房から回廊へと繋がる大きな木のところまで移動した。扉がある。そこが大きく開かれるや、肌脱ぎになった男たちが一斉に外に出てきた。

「怒ってる……」

鉄鍋を振り、包丁を自在に操って肉を刻む体は、どれも隆々とたくましい。どの男もその体が怒りで真っ赤になっていた。

「やってられるか」

口々に厨房に向かって叫び、罵りながら出ていく。引き止めようと出てきた者もいるが、やがて諦めたように肩を落として厨房へと戻っていった。

「あの人たち、厨師を辞めちゃうんだね」

「僕僕は悲しそうだな。何故だ。彼らの行いはお主には関わりのないことではないか」

桃稔が僕僕の表情をうかがって言った。

「あんなに楽しいことを止めるなんて」

「人間どもは食わなければ死ぬんだから、作って食べることは止めないわよ。この宮殿で鍋を振ることを止めただけ。それに、楽しんでたわけじゃないわ」

「どういうこと？」

「食神サマは他の厨師に対して神の如く厳しいのよ」

美豊は冷たく言って壁を下りると、厨房へと足を向けた。

「あんたたち、しばらくここにいるの？」

「うん。拋比たちが迎えに来てくれるのを待つよ」

「来るかしらね。黄帝さまと炎帝さまの間に築かれた壁は、以前より力を増している。こんな人間の作った壁とは違ってほとんど全ての神仙が越えられないものとなっているわ。仙骨の力に反応して出入りが禁じられるとなれば、助けは来ないと思った方がいい」

「じゃあ、美豊たちはどうやって帰るの」

「そ、それは」

しばらく考え、

「私たちは黄帝さまの右腕ほどの力があるんだから、いざとなれば壁を破って帰るわよ」

ほほほ、と胸を張って去った。僕僕はその背中を見送っていたが、

「拋比は来てくれるよ」

小さな声で言った。

「ボクのご飯が食べられなければ、拋比は苦しくなるんだ」

5

僕僕が桃稔と共に穴に落ちた頃、炎帝の工房では、炎帝の元に耕父《こうふ》、燭陰《しょくいん》、戎宣、そして抛比が集まっていた。

「随分と早かったな」

炎帝の言葉を受けて、抛比は壁の間に浮かんだ二つ目の太陽と、時の流れのずれについて話した。

「ああ、最近天地の気の巡りがざわざわしていたのはそのせいか」

困ったものだ、炎帝は頭を掻きむしった。

「天地を造る際に、老君《ろうくん》さまが時と空の理《ことわり》を定められた。天地が定まるまでは、みだりにこの理をいじらぬようにと軒轅たちと話したのだがな。もう忘れてしまったのか……」

「二つ目の太陽、落としますか」

耕父が弓を取り出し、弦を引いて見せた。

「無理にそのようなことをすると、壁の間の者たちが迷惑するだろう」

「このまま放置しておきますと、こちらにも迷惑がかかりますぞ」

「より力の無い者たちのことを先に考えることが、力ある者の務めだ」

それよりも気になるのは、と炎帝は拠比たちの出てきた通路の方を見やった。

「これは我がしくじりの中でも大きい方であったな……」

戎宣から僕僕がいなくなったとの報告を受けた炎帝はため息をついた。

「つまり、新たな宝貝《パオペイ》ごと神仙の一人が消えたということですかな。しかもその者は『一』の欠片を持ったままときている」

耕父の言葉に、むむ、と炎帝は唸った。

「このような事態のために、欠片を探すための鏡を作ったのだ」

「それは軒轅さま側の神仙に盗まれて手元にありません」

燭陰の冷静な言葉に、炎帝はため息をついた。

「あまり怒ると仙丹の出来が悪くなるぞ」

「ご心配いただかなくとも、仙丹を錬じる時は心平らかにやります」

拠比から見ても、耕父と燭陰は相当怒っている。

「しかしのう」

炎帝は弁解するように言う。

「宝貝の効能を試している時に、いきなり帰ってくる方も良くないとは思わんか」

そう言われて拠比と戎宣は顔を見合わせる。耕父はすぐに言い返した。

「ならばわかるように目印でも置いておけばよろしかろう。戎宣と拠比は仙骨の力を大きく削られ、本来であれば見え、聞こえるはずのものを感じ取れなくなっているのですぞ」

「そうであったな……」

気の毒なほどにしょげかえった主君を見かね、拠比が割って入った。

「今考えるべきことは、欠片の在り処《あか》と僕僕の無事ではないでしょうか」

「そう！　そうだぞ耕父。考えるべきことを間違ってはならぬ。そもそも、僕僕が飲み込まれたあの通路も、欠片のある場所がわかれば瞬時にそこに至れるようにするためのものだ」

「では、術が破れた時に中にいた者がどこに行くかは計算済みということですかな」

「それがわかれば苦労せんわ」

「偉そうに言わんで下さい」

再び睨み合う主従を拠比が宥める。その時、拠比の腹が大きく鳴った。

「おい、もう飯時か」

戎宣は空を見上げる。太陽は既に天の中ほどに至り、うららかな光を炎天の緑の上へと注いでいる。

「そういえばわしも腹が減ったな」

炎帝が戸を叩くと、中から大きな銀の皿が顔を出した。

「盤よ、そろそろ食事にしてくれ」

　拠比は腹が空いていた。炎帝たちが素晴らしい速さで平らげていく中、厨房から戻った盆がそっと匙と叉を伸ばして自分の分を取り分けてくれているのが見えた。

「僕僕はよくやっていますか」

　皿を運んできてくれた盆は丁重に訊ねた。

「私はこの天地に生まれてまだ間もない。そしてあの子はさらに幼い。炎帝さまから料理というものを研究するよう命じられ、術を磨いておりますが、思った以上に奥深いものがあります」

　盆が皿に盛ってくれた料理は、見た目も美しい。肉の焼き色と小麦の白、そして肉の下味に付けられた香料がふわりと鼻を通って体中に沁み渡っていく。だが、口にすると、

「おいしい、とは言えませぬか……」

　盆はからんと一度地面に落ちてまた浮き上がった。

「僕僕が心を込めて作ってくれたものがおいしいのではないか、と推し量ることはできる」

　盤も出てきて、盆の後ろから拠比の様子をうかがっていたが、落胆したように俯いた。

「でも、私は感謝しているよ。腹が満ちれば力も出る」

　拠比はことさら明るく言って、二人を励ました。そのやり取りを、炎帝はじっと見つ

めていた。

「中々うまくいかぬようだな」

「いえ、そんなことはありません」

拠比は急いで言った。

「僕僕は精いっぱいやってくれています」

炎帝は大きな瞳を見開き、そして笑い出した。

「わしは何も、僕僕をお払い箱にしたいわけではない。お前たちには人の姿を体験し、彼らがどう暮らしているか、何を感じているのかを理解してもらいたいのだ」

「わかっております。しかし、このままでは黄帝側の神仙から挑まれた時に対抗することはできません。力を解き放てる仙丹が欲しいのです」

「それはならぬ」

炎帝ははっきりと拒んだ。

「お前や僕僕の魂魄は、強い効力のある仙丹に耐えることはできない。一時は耐えられても、いずれ壊れてしまう。弱ければ弱いで構わぬ。挑まれても戦わなければよい」

そうも言ってはいられないのは、黄帝側の動きを見れば明らかである。

だが、炎帝に言われれば、諾と頷くしかない。

耕父はその様子を見て髯を波打たせた。

「ともあれ、わしと拠比の腹は満ちたし、耕父たちも盤と盆の味を楽しむことができた。拠比が料理を楽しめない問題はあるものの、それはおいおい考えるとしよう」

　そうなのだ、と拠比も導引を一度して心を整える。

「まずは水の気配で僕僕の居場所をどこまで探れるか、確かめてくれるか」

　拠比は頷き、大地を流れる水の声を聞き始めた。やはり以前に比べるとほとんど聞きとることができなくなり、黄帝側に至っては全く聞こえない。ただ、壁を二枚隔てた黄帝側と比べて、その間の領域の水の声はまだ微かにわかる。

「どうだ」

　心気を凝らしている拠比の妨げにならぬよう、炎帝たちも静かにしてくれていた。だが、静かにしてもらうほどに、壁の間の水から伝わってくる声は騒がしいことがはっきりしてきた。

「獣の群れが喧嘩をしているような騒ぎです。これは……皆が猛烈な早口で話しているような……」

「軒轅が壁の間で時の理を弄《いじ》ったからだな」

　だが、その騒々しさの中に、馴染みのある気配を見つけた。

「僕僕がいるだと？　炎帝さまの術で飛ばされたということか……」

　戎宣の言葉に拠比は頷いた。

「炎帝さま、僕僕がそこにいる以上、まずは助けに向かうべきかと」

「何か策はあるか」

「ございます。西王母さまの臣、計見は壁を抜ける鍵を持っています。彼女も今の状態を憂い我らに手を貸してくれるようです」

「蓬萊のせめてもの気づかいだろうな……。戎宣、拠比、また苦労をかけるが」

「喜んでまいりますとも」

戎宣が前足を上げて勇む気持ちを表す。

「ただ問題は、僕僕を見つけるまでの間、誰が拠比の腹具合の面倒をみるか、ということなのです」

「戎宣よ、お前が作ってやればいいではないか」

耕父が事も無げに言うが、戎宣はとんでもない、と蹄《ひづめ》で地面を叩いた。

「変化の術を使うと疲れるんだよ。耕父こそ、一緒に来て拠比に何か作ってやってくれよ。料理をする僕僕に姿が似ているのはお前だぞ」

「やり方も何も知らん俺が行っても何の役にも立たん」

拠比は二人に、自分で何とかする、と宣言した。

「そうは言うが、前に自分で作って、食えたものではないと吐き出してなかったか」

「その通りだが、仕方ないだろう」

「こうなれば、もう一人同じような神仙を作るよりほかあるまい」

炎帝がそう言い出した時、盤と盆がいる厨房の方から、甲高い悲鳴が聞こえてきた。

「な、何事だ」

工房の近くには盤と盆の仕事場、厨房がある。その壁に穴が開いて、二枚の平たい神仙が転がり出てきた。

「落ち着くのだ」

燭陰がひらりと体を舞わせ、反対向きに転がっていく盤と盆を素早く咥えて炎帝の前にそっと置いた。

「で、出ました」

「何が」

「僕僕と同じ姿をしているのに、仙骨の力が感じられない。あれがもしや……」

盤と盆は震えながら言う。

「こんな所にいるわけがなかろう。何か悪い幻でも見ているのか。仙丹を作るのに失敗して幻を見るという話は聞いたことがあるが、料理でもそうなのか？」

「忘我の境に至るような味を作ることができれば、それは素晴らしいこと。ですが、仙丹とは違って料理はそこまで強い力を持つものではありません」

だから、人が厨房にいるのは本当だと盆たちは口々に言う。

「わかった。ともかく軒轅の作った人が何故かここにいるというのだな。彼らは我らのような術を使えぬはずだ。どこから迷い込んだのか、話を聞いてみたい。どこにいるのだ」

炎帝はむしろ、興味津々といったていで身を乗り出した。

「それが……鍋の中から出てきたのです。今のうちから炎帝さまの夕餉《ゆうげ》を支度しようとしたところ、鍋の中から悲鳴が聞こえまして。それで蓋を取ったら……」

中に人が入っていたという。拋比はそれを聞いて慌てて駆けだした。

「おい、どうした」

神仙たちは特に慌てた様子もない。だが、拋比は焦っていた。

「人は鍋で茹でられて平気なほど頑丈じゃないんです！」

そう言うと盆たちの開けた穴から厨房の中に駆けこむ。火にかかっている鍋は煮立ち、ぐらぐらと音を立てていた。中から肉と骨の醸し出す旨そうな香りが立ち上っている。

「何てことだ……」

酷《むご》いことになった、と頭を抱えていると、厨房の片隅から鉄鍋がひっくり返るような音がした。音のする方を見ると、湯気の向こうに影が一つ立っている。

「誰だ。何故ここまで来た」

拋比が問うと、怯えたようにその影が震えた。だが、

「拠比、さま？」

と答える声に聞き覚えがあった。やがて湯気の向こうから姿を現したのは、先だって僕僕と訪れた栴淵《せんえん》山の麓にいた少女、昔花であった。

6

もともと、明るくて勝気な少女ではあったが、随分と大人っぽくなっている。だが、怯えるのも無理はない、と拠比は横目で見ていた。そして、

「炎帝さま、どうやら仙骨の力の大小によって神仙の見え方が変わります」

「と言うと？」

拠比は炎帝や耕父など、主君や仲間の姿が彼女には恐ろしいものに見えていることを説明した。

「そうであったな。ではこの人間には我らは妖《あやかし》か何かにでも見えているというのか」

燭陰が驚いたように口を開けると、昔花は小さく悲鳴を上げて拠比の背中に隠れた。

「こら、言っているそばから怖がらせるな」

「無茶を言うな。こちらは普段通り振る舞っているだけだぞ」

「それが怖がらせているというんだ」

炎帝は昔花を見てしばらく考え込んでいたが、やがて体をもぞもぞさせ始めた。全身

を覆っている長い毛がうごめき、短く、そして全体が小さくなっていく。そして、昔花よりも遥かに小さくなって動きを止めた。

「これでどうかな」

黒い毛玉のような姿には変わりないが、昔花は拠比の背中から顔を出し、

「かわいい……」

と呟いた。それを見た燭陰は小さな蜥蜴《とかげ》に、耕父はがっちりとした鎧《よろい》を捨てて、人の若者が着るような衣に装いを変えた。

「拠比さま、これは……」

「見える姿が変わったか？」

こくりと昔花は頷く。

「俺にも変わったように見受けられる。怖くはないな？」

「はい、もう大丈夫ですが、この方々は」

炎帝神農とその側近の神仙たちだと告げると、昔花は飛びすさって平伏した。

「そう恐れなくてもよい」

炎帝が面倒くさそうに手を振った。

「わしは軒轅と違って堅苦しいのは苦手だ」

「ですが、炎帝神農さまといえば天地を作られた三聖のお一人。このように近くでお姿

を見れば目が潰れるとも聞いたことがあります」

「お前の目は潰れておるかね」

「い、いえ……」

昔花は戸惑ったように周囲を見回した。

「それでは、教えてくれるかな。どうやってここまで来たのか、憶えている限りを教えて欲しい」

僕僕と拠比の一行が去った後、彼女の村には平穏が訪れた。黄帝と炎帝の間に壁ができたことは、巫女の子尼が感じ取っていたという。だが、それは人の暮らしには関わりのないことであった。十年の月日が流れ、穏やかな日々がこのまま続くと思われた頃、ある集団が彼女の村を訪れたという。

「王からの使い、と彼らは名乗りました」

辺火、という王を戴いた彼らは、壁の間に住む人々を支配して強大な王国を作ろうとしている。強く大きな国のもとに団結すれば、永遠の平安と繁栄がもたらされる、と説明されたという。なるほど、と聞いていた炎帝たちであったが、

「神仙の力を借りず、むしろ神仙を人のために使えるほどの力を目指すのだそうです」

と昔花が言ったあたりで顔を見合わせた。

「えらく無茶なことを考えるものだな」

耕父はやや不愉快そうに言った。

「三聖は老君から生まれて天地を創造し、神仙は三聖から生まれて天地を育む。神仙以外の者も、炎帝さまより生み出されて黄帝さま、西王母さまの力添えで天地にあることを許されているのだ。天地の力は我ら神仙の発するところ。それなしでいようとは、あまりに物を知らなさすぎるのではないか」

「おい」

燭陰が耕父をたしなめた。

「この娘を問い詰めてどうする。責めるなら壁の間でそういう王国を作ろうとしている者たちだろう」

「それは、そうだな……」

抛比は昔花に続きを促した。

「辺火王の使者の言葉に、子尼は怒りました」

巫女である彼女は、神仙の力をより近く感じ取ることができる。王の使者たちの〝我らに従え〟との求めに対し、神仙の助けなしにこの天地にあることはできない、と拒んだ。

「彼らも怒り、子尼を捕えて連れて行こうとしました。助けようとしたのですが、私も捕えられそうになったところで、子尼が術で逃がしてくれたのです」

「壁の間から炎天まで飛ばすような術……」

拠比と戎宣は顔を見合わせた。だがその時、昔花が苦しそうに胸元を抑えた。

「どうした。胸が苦しいのか」

炎帝が毛を一本伸ばして、昔花の首筋に触れる。

「どうやら肺腑が苦しんでいるようだ。気が薄すぎたり濃すぎたりして、負担がかかっている。人にはこのあたりの気は苦しいようだの」

その時、炎帝ははっと目を見開いた。

「軒轅のやつ、人を殖やしやすいように壁の間を結界にしたのかもしれんな」

きょとんとしている昔花に気付き、いやいや、と首を振る。

「その子尼という巫女は、人なのだよな」

炎帝は念を押すように訊ねた。

「はい、間違いなく。でも、神仙のことを常に考え、その術で人々を助けようとしています」

「それは間違いありません。仙骨があるわけではなかった」

そう拠比も言い添えた。

「なのに術を？」

「それが人の祈りの力なのだな」

炎帝は言う。

「肉体を超えた力を放つ妖もいるではないか。軒轅の作りだした人の中にも、そのような力を持つ者がいてもおかしくない」

「ですが、仙骨のない者にしては、術を行う力が大きすぎる」

「そこだよ」

炎帝は身を乗り出し、耕父の肩に毛の束を置いた。

「不思議だろう？　人という神仙とも妖とも違う存在は不思議なのだ。そんなものを何故産み出したのかを理解すれば、軒轅のやつの心底もわかるのではないかと思ってな。わしが拠比の仙骨の力を削ったり、僕僕の料理を食わせているのもそのあたりが知りたいからなのだ」

ともかく、と炎帝は昔花に目を向ける。

「壁の間の人は、その辺火王のもとに集まり、いや、集められているというわけだな。よし、そこでまず僕僕たちの手掛かりを探そう」

拠比の前に戎宣が立ち、背中に乗るよう促した。

7

戎宣の背に跨って炎帝たちに別れを告げようとすると、心細げな視線に気付いた。

「あの、炎帝さま……この娘も連れて行きます」

拠比の言葉に、炎帝たちもはっと気付く。

「そうであったな。この娘がいれば拠比の食事の件も大丈夫だろう。戎宣、拠比、僕僕と『一』の欠片の事、くれぐれも頼んだぞ」

拠比の前に昔花も乗り、戎宣はゆっくりと歩き出そうとした。その時、大きなくしゃみが聞こえて大地が鳴動する。戎宣が踏ん張って向きを変え、拠比は腕の中に昔花を抱いて庇う。

「これは悪いことをした」

申し訳なさそうな、殷々《いんいん》とした声が響く。拠比が見上げた先には、巨大な龍の頭があった。それを見て昔花は気を失ってしまった。

「変化の術は難しいものではないのだが、人間を怯えさせない程度に力を抑えているのは疲れる。これまで力を増す修行はしても、抑えることはあまりしてこなかったからな」

再び強烈なくしゃみと暴風が起こって、炎帝と耕父も元の姿に戻っていた。

「いや、これは確かに肩が凝るわい」

耕父が腕をぐるぐると回している。そしてその横には、炎帝が天を衝くような黒い塊の姿で聳《そび》え立っている。炎帝からは猛烈な気が渦を巻いて八方に走り、自分自身が再建した工房を吹き飛ばしていた。

「昔花は……気を失っているようだな。燭陰が始めにくしゃみをしてくれて助かったわい」

炎帝の体がゆっくりと常のものへと変わる。

「なるほど、これほどひ弱なら、軒轅のやつが人の生きる場を壁の間にした理由もわかろうというものだな」

目を閉じている昔花を見て、次にぼろぼろになった拠比の衣に目をやった。

「お前も随分と弱くなってしまったからな」

炎帝は無数の毛を伸ばして、拠比の衣に触れると、瞬く間に直してしまった。

「ちょっとした細工を加えてある」

「細工と言いますと」

「それは細工が役に立つ時のお楽しみだ」

嫌な予感を抱きつつ、礼を言う。昔花が微かに呻いて意識を取り戻しつつあった。

「さあ、行ってくれ。また悲鳴を上げるようなことがあってはかわいそうだ。それからな、僕僕を見つけたら、一度こちらへ連れて戻ってくれ」

「『一』は良いのですか」

「もちろん探さねばならん。だが、お前たちの対がうまくいかなければ、旅の首尾もうまくはいくまい」

炎帝の工房の残骸から煙が上がっているのを見て、拠比は顔を前に向けた。その前には、ぐったりした昔花が座っていたが、やがてはっと気付いた。

「あれ、私……」

身をよじって体を離す。首の無い天馬、戎宣の姿に驚きの声を上げかけるが、そちらは馴染みの姿である。

「失礼なことをしてしまったかも」

「炎帝さまも誰も気にしていないよ」

戎宣は徐々に歩む速さを上げていた。

「人としか暮らしていなければ、我ら神仙の姿は異様なものに映るだろう。わしとて、こうして力を大きく減じていなければその恐れはわからなかった」

と慰める。

「それでも、戎宣さまは風のように速く走れます」

「本来は閃光のごとく速いのだから、これでもとてつもなく遅くなったんだよ。ともかく、お前たちから見れば、いや、今のわしと拠比から見ても、炎帝さまたちはとてつもない存在だ。気を失っても致し方のないことだよ」

炎天は緩やかな地形が続く。地平の遥か向こうにある聖なる山々、蓬萊を源とし、四方天地の水を集めて流れる大河がゆったりと陽光を照り返している。

「飛んでる……」

昔花は戎宣の半ばまでしかない首に掴まりながら歓声を上げた。戎宣は炎天を走り、やがて宙を蹴るように飛び始めていた。

「やっぱり神仙のお力ってすごい。子尼が欲しがるわけだ」

「巫女とは仙骨がなくても仙術を得ることができるのか。黄帝さまもとんでもないものを作ったものだ」

戎宣がため息まじりに言う。

「仙骨がなければそのような力を肉体の中に収めておくことはできないと思っていたが」

「子尼も言っていました。神仙を想い、誰に教わるともなく心を蓬萊に向けていると術が使えるようになったって。でも、子尼だけなんです。私も空を飛んでみたくて、色々とやり方を聞いたんですけどうまくいきませんでした」

「その巫女、子尼は今どこにいるんだ？」

拠比が訊ねると、昔花の表情は曇った。

「あの子の術で炎帝さまの所まで飛ばされたので、その後のことはわからないんです」

「それもそうだな……」

やがて炎天の穏やかな緑の風景は、幽玄な山のものへと変わる。計見のいる辺りまで来て、事情を説明すると、

「仕方がない。さっきの桃は本当に美味だったからね。あの子を助けるためというなら……」

と言って壁を開けてくれた。

「あまりちょろちょろしてると、揉め事のもとになるわよ」

「わかっておる。誰も揉め事なんか望んでおらぬし、そうならぬよう振る舞うつもりだ」

「そう願いたいものね。そうだ、僕僕をまた連れてきてよ。何だか口寂しくてさ」

計見の鍵のおかげで壁が薄くなり、やがて見えなくなった。

「じゃあね。西王母さまからお呼びがかかってるから、しばらくは鍵も開けられないわ」

そう言うと鮮やかな蝶となって飛び去った。

第四章　王の満足

※

これほどまでに人はいるのか、というのが剪吾《せんご》が抱いた最初の驚きであった。己に従う者を飢えさせない。

そう宣言した辺火《へんか》は、滔々と流れる大河に挟まれた沃野に「栄陽《えいよう》」と名をつけた。それが彼の国の首府となった。移り住んできたばかりの頃は草ばかり生えていてみすぼらしかった。

だがその草を刈って水を引き込み、芋、豆、麦と作付けし、それがうまくいき出すと四方から人が集まって来た。時に大河が暴れて人や畑を流すこともあったが、辺火は怯むことなく、その度に栄陽を強く造り換えた。

そして剪吾に任された厨房も、この十数年で今や百人を越える厨師が働く壮大なものへと姿を変えている。

「雪俎《せっそ》、もっと手早く動け。動きに無駄が多い。己が従う厨師が何を求めているのか、読みとれ」

剪吾は自ら包丁を振るいつつ、最近厨房で働き始めた息子の雪俎を叱咤する。

「はい、親方！」

大きく返事して雪俎は仕事に戻っていく。厨房に入れば親子ではない、と言い渡してある。

無数の鍋と包丁と、何十という食材の山が厨房を彩っている。不便があればそれを補うような技や道具すら考え出し、惜しむことなく人々に伝え続けた。

「辺火王のもとへ」

というのが弱き民の合い言葉となり、強き族長たちの忌むところとなった。忌まれるあまりに戦いを挑まれることもあったが、辺火は敗北することはなかった。

「勝てば全てをやろう」

辺火は常に豪語していた。

「奪われて口惜しければ戦って勝て。奪われたくなければ我に従え。奪われたくば我に逆らえ」

挑発に乗って彼に敵対した者たちには、必ず飢えが襲った。飢えた兵は、腹が満ちた兵に勝つことはできない。そうして併呑し、疲弊した民たちには剪吾が食事を振る舞うことになっていた。

辺火の王国で獲れる穀類、果実、獣肉、魚介に丁寧に手を加え、腹いっぱいに食わせてやる。それで多くの者たちの心はこちらに靡《なび》いた。

「王についていけば飢えることはもうないのだ」

「食うことがこれほど楽しいとは」

と囁き合う人々は辺火王に争って忠誠を誓った。

時に王は暴虐であった。意に沿わぬ臣下を酷く殺し、民を何万も動員して道の造作をさせたり、河道を変えるような大工事を行わせた。

だが、天候がどれほど荒れようと人を決して飢えさせなかった。その一点だけは絶対に守った。その一方で、剪吾への求めも激しくなっていたのだ。

「俺を食事で退屈させるな。俺が退屈すれば、人々は飢える」

国と栄陽が大きくなるにつれて、剪吾は追い詰められていった。

1

蓬萊《ほうらい》を経由して壁の間へと至った挽比《きよひ》たちが、木陰で休んでいると聉《みよう》が数匹飛んできた。

「聉の鼻は利くのか？　気づかれれば、今の力では厄介だな」

戎宣《じゆうせん》に問われて、抛比は頷いた。

「一昼夜の距離であっても水場の場所がわかるほどです」

「それはまずいな」

と昔花《せきか》を見る。

「わしらは音や匂いを自在にできるが、この娘はそうはいくまい」

腕の中にいる昔花からは、常に甘い香りがしていた。神仙の心を動かすような清らかさや玄妙さというよりは、木陰に咲く小さな鈴蘭の香りに似ていた。

兎の耳と猫の体を持つ妖は、何やら話しあっている。

聉たちは耳を立て、背中を合わせて四方の音、風に乗る匂いを探り始めた。

「いよいよいかん」

戎宣が昔花の体を隠すものを探そうとするのを、抛比は押しとどめる。

「匂いは風と水に乗って広がります。隠そうとしても余程の備えが無ければ匂いは漏れる」

「では抛比には名案があるのか」

「ありません」

と胸を張って応えたところで、炎帝が〝細工〟を加えたと話していた抛比の衣の腹のあたりが大きく膨らんで広がる。そして、

「どうした！」

と驚く戎宣ごと覆った。

「これは……」

「静かに！」

拋比は昔花の口を押えて黙らせる。

黽の羽音が近づいてくる。ふぁさふぁさと柔らかく、静かな音が異状を探るように頭上を飛んでいた。昔花も自分の口を押さえてじっとしている。しばらくして、羽音が遠ざかっていく気配が感じられた。

拋比は周囲の水を秘かに呼び、黽の様子を探らせる。黽は異変を感じているのに何も見つけられないことが納得いかないのか、何度か戻ってきてはあたりの様子を探っていた。

だが、炎帝の直してくれた衣は音も匂いも漏らさないようで、今度こそ遠くへ離れていく。危機がさると、衣は再び元の形に戻って拋比を包んだ。

「具合でも悪くなったか」

拋比が心配するほどに、昔花の顔は紅潮していた。

「いえ、大丈夫です……」

顔を背けた首筋まで真っ赤である。

「衣の下を見たり見られたりすることを、人は恥じるのか」

「男女の別というものを教えられていくうちに、恥ずかしいと思うように……」

神仙たちは顔を見合わせる。

「どんな獣も雌雄の別があるが、そのようなものか」

そこでようやく、拠比も昔花の様子がおかしくなった理由がわかった。かりそめの肉体を見ることの何が恥ずかしいのかよくわからなかったが、炎帝の衣があれば問題はあるまい、と立ち上がる。

「辺火の国というのはここからどれくらいの場所にある」

それは昔花にもわからないという。

「ただ、村に来た王の使いの話によると多くの人や物が都に集まっているといいます」

しばらく行くと丸い山容が見え、深い谷の手前に行きついた。

「どうやら希峪《きよく》の野があるあたりらしい」

希峪の野は、黄帝、炎帝の境界、蓬莱の西側に広がる大平原であった。

「先だって天地の端から戻ってきた際に、人が多く集まって暮らしているのを見ただろう。それが確かこの辺りだ」

だが、見る限り草原と木立が続いていて、人の気配もない。

「空から見れば一瞬の距離でも、地上に立てば永遠の距離、というわけだ。さすがに首のないこの姿で旅をするわけにもいくまい」

戎宣が身を震わせる。

「よっ、と」

声を上げると、無くなっていた馬の顔が首から生えてくる。昔花は声を上げて驚き、それを見た戎宣は鼻を広げて笑った。

「生やしたっていいだろう」

満足げに言う。

「顔を作れるようになったのですね」

拋比はその首筋を叩こうとして驚いた。そこだけは影のように触れることができない。

「炎帝さまに仙骨を削ってもらってから、何に姿を変えても首がない。なければ、幻影だけを作っておこうと思ってな。ちょっと離れて見ればわからないだろ?」

「ええ……」

「張りぼての顔もいいが、これから人の多いところに行くのだ。昔花はわしの姿に慣れただろうが、一々驚かれるのも面倒な話だ」

そして大きく伸びをした。

「これくらいの術も随分と疲れるわい」

「しばらくは駆けるのも厳しそうですね」

戎宣の姿こそ立派な天馬に戻ったが、気は弱々しいものとなっていた。

「人の一行としてゆったり進むしかないな」

昔花を背に乗せ、拠比がその傍らについた。谷に沿って歩いているうちに、拠比の腹が大きな音を立てた。

「そう言えば炎天を出てから何も食べてなかった……」

体から力が抜け、拠比は座り込んでしまった。

「食材も調理道具も何も持ってきていないな」

「私、料理はできますが炎帝さまのところを出立する時には気を失っていたもので……」

昔花も申し訳なさそうに言った。

となると、自分で食材を探し、腹に収めるしかない。だが、空腹がずっしりと全身にのしかかって動けない。戎宣も気の回復に努めなければならないし、昔花を一人にするのは危なかった。

「仕方ない」

力の入らない体に気合いを入れて立ち上がる。

「おい、無理をするなよ」

戎宣がついてこようとするが、まだ身体のバランスがとれないのか膝から崩れ落ちてしまった。その時、拠比の鼻先に香ばしい匂いが漂ってきた。

「あれ?」

昔花も気付いたようで、拠比の横に立って風の匂いを熱心に嗅いでいる。

「誰かが料理をしている……」

ふらふらと匂いのする方へ引き寄せられていく昔花の前に出て、慎重に近づいていく。草原は穏やかに見えて、近づくと棘の鋭い藪や丈の高い雑草が生い茂り、歩きづらくも隠れやすい。

その草の間から顔を出すと、男たちが鹿らしき獣を焚火にかけて調理の真っ最中であった。

2

初め数人だったその数は、徐々に増えていく。狩りをしてきたのか、兎などを担いでいる者もいたが、人を縛り連れて来る者もいた。その中に、見覚えのある顔がいくつかある。

「拠比さま、あの人たち、辺火王の兵たちでは……」

粗末な甲冑《かっちゅう》から出た汗臭そうな四肢を忙しく振り回しながら、何か声高に話している。

そこに彼らとはまた別の一団が、数人を縛って連れてきた。数珠つなぎにされ、疲れ切って俯いている中には、子供の姿もある。

「あっ……」

声を上げた昔花が、飛び出そうとした。

「どうした」

「村の子供たちがいる……」

よく見ると、確かにそうであった。

「俺が助ける」

拠比は仙骨に心気を集める。いつも背負っている水の大剣は、魂魄《こんぱく》の中にしまってある。大剣は仙骨の力を大きく使い、空腹が限界に達するまでの時間を縮めてしまうからだ。

「拠比さま、お腹が空いているのでは」

昔花の言葉を聞く傍から、膝から力が抜けて座り込んでしまった。

「私が戦います」

「大丈夫なのか」

「この十年で身を守るための術は学んでいます。私が使えるくらいの剣は出せますか」

不安だが、やるしかない。派手に腹を鳴らしながら、拠比は何とか剣を手の中に呼びだす。いつもの得物とはまるで違う、細く短い剣だ。

「無理をするな」

「拠比さまが見ているから、平気です。それにこの剣、持っているだけで力が湧き出してくるみたいで、素敵」

みんなを助けてきます、とにこりと笑い、昔花は叢を飛び出した。高く通る気合をかけながら、不意を衝かれた男たちの間を駆け抜ける。

「あの娘も空腹のはずなのに」

情けないことこの上なかった。が、その情けなさを忘れるほどに、昔花の動きは見事であった。神仙の間でも、武器を使った術というものはある。戦い方をもっぱら研究しているような連中もいるが、人に伝えられたとは聞いていない。

「黄帝さまの所の連中が教えたのか……」

荒削りに見えるところもあるが、神仙の流儀とも思える鮮やかな動きである。敵の陽に寄り添って陰となり、虚を衝いて実を為す。昔花は荒々しく振り回される大剣や棍棒をすり抜け、焼けている鹿の傍へと立った。

何をするつもりかとみていると、腿の一本を斬り離す。持ち去るにもこんがりと焼けた鹿の足は重いらしく、たちまち周囲を男たちに取り囲まれる。

もはや見ていられない。

「下がれ！」

その中に飛び込んで一喝しただけで目の前が白くなった。苦しくて思わず口を開けたところに、何かを抛り込まれた。

「噛んで下さい！」

昔花に言われるままにひと噛みする。

舌の上にさっと広がる脂《あぶら》の味、焼けた肉の歯触りと微かに残る血の匂いが混じり合って、獰猛なほどの味わいを全身に走らせた。五体に肉の持つ力が伝わり、白く消えかけた視界を元に戻す。

「もう一口」

と口を開けると、昔花が肉を一片薄く切って入れてくれる。

「もう一枚いります？」

「剣をくれ」

肉の代わりに剣を返してもらう。細身の氷の剣は、持ち主の手に戻り、力の源と繋がって本来の姿を取り戻す。男たちは己の背丈よりも巨大な刃を見て怯む。

「限りのある命が惜しければ立ち去れ。ここで滅びるなら……かかってこい」

静かな口調で言うと、数人が斬りかかろうとした。だが、拠比に蹴散らされた男たちが仲間を止め、睨みつけながら去っていく。その背中に舌を出した昔花は、縄に繋がれた人たちを解き放つ。

「昔花姉ちゃん！　四ヵ月もどこに行ってたの？　もう死んじゃったって皆悲しんでたんだよ」

子どもたちが駆け寄ってきて、昔花に抱きついた。そして拠比を見て、ぺこりと頭を下げる。ほんの少し見ない間に随分大きくなっていたが、壁の内外では時の理が異なっていることを思い出した。

「神仙のお兄さんと助けに来てくれたの？」

「そうよ。もう大丈夫だから村に帰りましょう」

子どもたちは嬉しそうな表情を一瞬浮かべたが、ついで泣きだした。

「村はなくなっちゃったんだ」

「なくなったって、どういうこと？」

「昔花姉ちゃんが逃げた後、子尼《しに》さまと僕たちは捕まったんだ」

村は焼かれ、家畜は殺され、田畑は汚されたという。

「なんてことを」

「都に連れて行って逃げ出さないようにするんだって言ってた」

「子尼は？」

「先に檻に入れられて連れて行かれちゃった……」

昔花の横顔が怒りに歪むのを、拠比は見た。

「都を大きくするから、僕たちはそこで働かされるって」

「都はどっちの方角かわかる？」

「この森の向こうに道が拓かれてるんだ。それを蓬萊のお山の方を目指して数日行けば、辺火王の都があるんだって」

少年たちの肩を抱いて礼を言った昔花は、このまま隠れているように言った。

「駄目だよ。辺火王はしつこいんだって。逃げたりした人はみんな殺されるって」

子供たちだけでなく、大人もみな青ざめて震えていた。

「逃げた奴らを追いかけようか」

拠比が言うと、昔花の村の男がそれは大丈夫です、と答えた。

「都での働き手に逃げられたとなれば、彼らも罰を受ける。それが嫌なら山に入って賊にでもなるしかありません」

「ということは、ここに隠れているのも危ないな」

拠比が考え込んでいると、昔花の表情から怒りがすっと引いた。

「一つ思いつきました」

と笑みを浮かべた。

3

人の集まって住む場所は、どこか心を浮き立たせる。拠比は昔花の村のたたずまいも嫌いではなかったが、辺火という王が住まう大きな町の匂いも気に入ってしまった。

「どうにも猥雑だな。やはり壁の内側は気からして違う」

戎宣はしきりに無い首のあたりを掻いている。

「そのせいか、あちこちむずむずする」

体を時折震わせながら、覚束ない足取りで歩いていた戎宣はどこか拠比と距離を置いて歩いている昔花を見て、声を潜めた。

「それにしても、あの娘はまるで対になりたがっているかのように、お前のことばかり見ておるな」

「俺と？　無理ですよ。俺は僕僕と対になっているのだから」

「対の相手は変えることもできるのだぞ」

「戎宣どの」

拠比は旅の相方をたしなめた。

「人と神仙が対になることはできるのかな、などと考えてな」

「仙骨が無いから無理ではありませんか」

抛比は特に興味を持てず、再び王の都に目を向けた。遥か西に蓬萊の峰が見える。抛比は王の人攫《ひとさら》い隊が着ていた衣に、自らのそれを変化させていた。

「しかし、都に村人を連れていく者たちに化けて王の居城に乗り込むとは、昔花のやつ、考えたな」

子供たちが言っていたように、森の向こうには広い街道ができていた。先だって空から見下ろした時にはなかった、長くまっすぐな道である。道の両側では、半ば破れた衣で痩せた体を覆った男女が、黙々と工事に携わっている。

「あそこで働かされている人々も、どこからか攫われて来たのか」

「恐らくそうでしょう」

昔花はきゅっとくちびるを引き結んで、敢えて見ないようにしていた。

「あの人たちの村も……」

一度呟いたきりである。

「助けようか？」

戎宣の言葉には、首を振った。

「戎宣さまは、力をためておいて下さい。抛比さまも」

「何か策はあるのか」

「わかりません。でも、都に連れて行かれた子尼や、僕僕さまの手がかりを得ることができれば、きっと何か妙案が生まれるはずです」

確信に満ちた表情である。

街道を進み、都に近づくと何ヵ所か関所があり、往来する人々を検分している。だが、都の工事へ向かう彼らは見とがめられることなく進んだ。食料も最低限であれば関所の役人からもらうこともできた。

「うまい仕組みを作っているものだ」

戎宣は感心して言った。道は平らで歩きやすく、街道沿いには整然と並んだ集落が点在している。家々は土を搗《つ》き固めて作ったものらしく、みな大地と同じ色をしている。田畑は広く、その緑の濃さは昔花の村で見たものと比べ物にならなかった。

「術の力がなくても、ここまでできるものなのだな。妖や獣の類でこのような芸当ができるものはいないだろう」

都に近づくほど、人の数は増えてきた。街道沿いには小屋掛けの小さな建物がいくつも建ち並んでいて、しきりに往来に声をかけている。

「そこのお役人さま、うまい酒があるよ！　肉の煮込みも今なら安くしておくぜ。米なら一両、麦なら二両、銅の棒銭なら一本だ」

何を言っているのか、拠比が見ていると、男は椀を持って近づいてきた。

「米なら一つかみ、麦なら二つかみ、この銅貨なら一本ですよ。旦那、聞こえてます？」

　袖から青い金属の細い棒を見せる。小指ほどの銅の棒など欲しくなかったが、肉の煮込みはまだ腹は減っていないものの、食える時に食っておかないと、と無心で啜ると、男は手を差し出す。

　そこに椀を置くと、

「椀も返して欲しいが、お代もいただきたいですねえ」

　と粘っこい声で言った。

「お代？」

「おとぼけも程々にしてもらわないと、お役人相手でも訴え出るのを恐れる俺じゃございませんよ！」

　激しい剣幕で言いだしたので、摠比はかえって戸惑った。その横から昔花が顔を出し、顎を突き出している店の男に棒銭を突き付ける。

「言い値で買ってあげたんだから、引っ込んでて」

　昔花も負けじと険しい顔つきである。

「ふん、お代さえいただけたらこちとら文句もないんで」

　男は空の椀を振りながら戻っていく。

「人が物のやりとりをする時は、こうした代価がいるんです」

ほう、と抛比と戎宣は顔を見合わせる。

「わしらがただでは術を教え合わないのと似ているな」

抛比はそれで得心がいった。米や麦は腹の中に収まって生きる力になる。何かの代価としてはふさわしい。だが、銅の棒は腹の足しにならない。

「辺火王が米や麦の代わりに、ものの代価として使っているらしいです。私たちの村でも商人が持ってきたことがありましたが、断わりました。だって、お腹の足しにならないんですもの」

「人は聡明だが、よくわからないこともするな」

昔花と戎宣の言葉に頷きながら進んでいると、目の前に大きな城楼が見えてきた。近づいて見上げてみれば、反りかえった屋根の高さは、炎帝の工房に匹敵するほどに巨大である。

「おい、そこの」

建物を見上げていると、前に立っていた番人が声を掛けてきた。

「都で働く者たちを連れて来たのか」

「はい。梅淵《せんえん》山麓にある村で動ける者、ほぼ全てを連れてきております」

昔花が代わりに返事をする。

「だったらさっさと弁公所へ行って、人数を報告してこい」

はい、と元気よく返事をして、

「私たちは都が初めてでして、その弁公所はどこにあるのでございましょうか」

番兵は舌打ちしたが、親切にもその建物の所まで連れて行ってくれた。

「ここだ。この奴婢《ぬひ》どもに飯を食わせて、早速持ち場へつかせろ」

偉そうに言うと戻っていく。石造りの建物の周りは、人々を連れてきた男たちの怒号と、疲れきった人たちのため息で満ちていた。

「私が役人のところへ行ってきますから、拠比さまたちはここで待っていて下さい」

「いや、一緒に行こう。どんなやつがここを取り仕切っているのか、見てみたい」

「王がここにいるわけではありませんよ」

「それでもいいんだ」

顔をしかめつつ、拠比は列に並ぶ。並んでいる者たちの血色はいい。褒賞のことを唾を飛ばし、下品に笑いながら言い合っている。やがて彼らの番になり、場所と人数を言うと、特に怪しまれることなく、淡々とこれからすべきことを告げられた。

「この弁公所の奥に細長い建物がいくつも並んでいる。こちら側から数えて三つ、右の端から数えて四つ目の建物が、お前たちの連れてきた奴婢の宿舎だ。それと、これだな」

男は重たげな袋を拠比の前に置いた。

「奴婢の代価だ。とっておけ。奴婢どもの食事はこちら側から五つ、右から八つ目の建物でとらせろ。来た初日だけは王宮料理長の剪吾さまがまともな物を食わして下さる。明日からは王の慈悲だけを願って生きろ。次！」

顔を上げずに平板な声で言うと何かを木簡に刻み込み、さっさと行けと手を振った。拠比は訊きたいことがいくつもあったが、昔花に引っ張られて列を出る。

不安そうな村人たちを励まして食堂まで連れて行く。戎宣をその前にとどめ、拠比たちは大きな木の扉を押し開けて中に入る。そこには、

「わあ……」

と子供たちが歓声を上げるようなご馳走が待っていた。

太陽のごとく鮮やかな色を放つ柑橘も、濃厚な湯気を立てて食欲を掻きたてる黄色い湯《スープ》も、焼き上がり肉汁を滴らせている塊も、どれもが山積みとなって迫り、新たな来客の心を解きほぐしている。

その時、子供たちとは違う歓声が、食堂の向こうの方で響いた。

「拠比！」

走り寄って抱きついてきた小さな塊が飛んでいかないように、拠比はしっかりと捕まえた。目の端に、昔花のどこか悲しげな表情が見えたような気がしたが、視界はすぐに僕僕の笑顔で埋め尽くされた。

4

「よくここまで来られたね！」

「やはりこちらでは数年経っているのか？」

「うん。でもおかげで人の料理のことを色々学べたよ。拠比が来てくれることは信じてたし」

明るく言った。

確かに、僕僕の姿である。が、何かが違う。

「どうしたの？」

しげしげと怪訝そうに首をかしげる。

「随分と仙骨の気配が大きくなった。前は力を失った俺よりも、さらに弱い力しか感じられなかったのに……。仙丹を錬成できるようになったのか？」

「練習はしてるけど、まだうまくできないよ。あ、そうか。炎帝さまの工房でよくわからない薬液を浴びたり薬丹を服したりしたからかも」

その時、僕僕の後ろから老人が大鍋を担いで出てきた。

「よくよく考えれば恐ろしいことですぞ。炎帝さまが練り上げた仙丹をあのように無造作に飲み干して。修行を積んだ神仙でも憚《はばか》られることですわい」

「炎帝さまの仙丹を無造作に飲み干してって……僕僕、それは本当か」

「本当だよ」

僕僕は手のひらの中に小さな雷雲を呼び出すと、地面に向けていなずまを放って見せた。

「他にも色々できるようになった。後でキミにも見せてあげる」

炎帝の工房に無数の仙丹や薬液があったのは知っているが、それを服してみようと考えたこともなかった。気を取り直して、僕僕の後ろに従っていた老人に誰かと訊ねた。

「我は蓬萊山の蟠桃《ばんとう》であります」

桃稔《とうねん》が胸を張ったので、拠比は驚いた。

「桃が変化してここまで来たというのか」

「僕僕に食らってもらおうと思っておるのですが」

「これまで誰にも食べてもらえなくて寂しかったんだって」

横から僕僕が言う。

「食べてもらえなかったのではなく、縁がなかっただけだ。外聞の悪いことを言うでない」

「どっちでもいいけど、この桃稔さんとボクは一緒にここに来たんだ。ちょうど厨師がたくさん辞めちゃって空きができたから、雇ってもらえたんだよ」

僕僕はいつもの青い衣ではなく、白く袖の長い衣を着ていた。

「大人っぽくなった」

昔花が目を丸くしている。

「大人っぽい？ そうか、人の世界では見た目が変わるとそう言うんだね。そういえば昔花もそうだよ。大人っぽくなった」

「そう？」

昔花は嬉しそうに頷いている。先ほどの彼女が一瞬見せた悲しげな表情は幻だったのか、と思うほどに僕僕との再会を無邪気に喜んでいた。

「ずっとここで働いてるの？」

「ここなら探し物の手掛かりもあるかなって」

そうだ、と拠比はあたりの気配を探ろうと試みた。黄帝側の手が入っていないとも限らない、と耕父《こうふ》も言っていた。すぐに、こちらを見ている三つの気配に気づいた。

「おい、あれ……」

拠比が僕僕に言うと、

「ああ、百樹《ひゃくじゅ》たち？ 新米厨師の仲間になったんだよ」

「仲間になったんだ、じゃないだろ。鏡を取り返さないと」

拠比は百樹、美豊《びほう》、望森《ぼうしん》の三人を捕まえようとするが、百樹たちはぎゃあぎゃあと騒

ぎながら逃げ回り、拠比も追いつけない。拠比は一計を案じ、

「まあ待て。お前たちが奪ったその鏡は望む物の在処を教えてくれるが、お前たちにはうまく扱えないはずだ」

百樹たちは逃げるのを止め、顔を見合わせる。

「誰ならうまく使えるんだ」

拠比は僕僕を見る。

「お前たちも知っての通り、神仙にはそれぞれ宝貝《パオペイ》があり、本人にしか使えない。導尤《どうゆう》の鏡は俺に与えられたものであって、盗んだからといって使いこなせるものではない」

三人はゆっくりと近付き、

「嘘じゃないだろうな」

声を合わせて言った。

「嘘なら、お前たちはとっくにその鏡の導きを得ているはずではないか」

百樹は仲間たちと顔を見合わせ、そして拠比に向かって頷いた。

「なるほど、拠比の宝貝というなら仕方ない。使えないのも道理だな。わかった。使えない物を持っていても仕方がないから返してやろう」

懐から、小さな鏡を取り出す。

「やっぱり持ってたんじゃないか！」

前に出ようとする僕僕を押さえ、頭上に差し上げる。

「お前たちの探してるものなんか、見つけさせてやらねえ」

と嬉しそうに拳を突き上げたその時、その頭からこおん、という硬い音がした。今度こそ前のめりに倒れる百樹から鏡を奪い、拠比に投げ渡す。素早く懐にしまった拠比を睨みつつ、百樹は気を失った。

その肩越しに、白い衣を着た大柄な男が立っているのが見えた。

百樹の頭に当たった白金色の柄杓《ひしやく》が、ひとりでに男のもとへと飛び帰る。白い厨師の服は美しく清らかだが、柄杓を握る手首の太さは戦士のそれに等しかった。

「偉大なる王宮の食神さま」

望森と美豊は三拝して敬意を表している。

「彼は?」

拠比が僕僕に訊ねると、

「剪吾さんだよ。王都に来た人はまずあの人の料理を食べるんだ。見てよ、あの焼いた肉の塊」

瞳を輝かせて僕僕は言う。

「豪快に炎で焙っているように見えるけど、それは外側だけで、肉の中身はぬるい油で熱してある。だから生肉の鮮烈さと焼いた肉の味わいを共に持っているんだ。ボクもそういう料理の仕方があるなんて知らなかった。まさに食神だね」

「感心してる場合か」

「天地にボクと同じように食の道を進んでいる者がいるのが嬉しいんだ」

剪吾は抛比たちをぎろりと睨みつける。僕僕が言うような繊細な料理を作るとは思えぬ、荒々しい気をまとっていた。

「配膳を済ませたらさっさと戻って来いと命じたはずだ」

「ああ、これはこれは剪吾親方さま、新入りに仕事を教えていたものですから、なにとぞ勘弁してやっておくんなさい」

美豊がしなを作って頭を下げる。

「この連中は梅淵山の麓から来た田舎者なのですが、なんと厨房での仕事を望んでいるとか。どうですか親方」

厨房の長は、抛比たちを見て舌打ちした。

「どいつもこいつも使えなさそうなツラだ。賄いのみが目当てなのだろう」

「そんなことないよ」

声を上げたのは僕僕だった。

「ここにいる抛比さんは、梅淵山のあたりでは有名な厨師だったんだ。剪吾さまは大した腕前だけど、この抛比さんにはかなわない」

「な、何を言って……」

　拠比は驚いたが、黙って、と僕僕に目配せされて慌てて口をつぐむ。

「剪吾さまは王の厨房を任されて、素晴らしい料理を日々作り、王宮の皆さまの舌を楽しませておいでです」

「それが俺の仕事だからな」

「でもちっとも楽しそうじゃない」

「仕事は楽しんでするべきものではない。生きるためにするものだ」

「楽しいですよ。この拠比さんと共に厨房に立てばね」

「……何が言いたい」

「この拠比さんと対決して欲しいのです」

　剪吾の表情がさっと変わった。

「拠比さんの方が、あなたよりずっとおいしい料理を作れます。剪吾さまは常々おっしゃっているではありませんか。食神たる自分よりも腕のある者が現れたら、命を絶つと」

「言っている。だが、そこの田舎者が俺を超えるなどありえない。食というものを創造し、道を拓いているのはこの俺だ」

「天地の狭いお考えですね」

「田舎者どもがわかった風な口を利く。お前たちの世間の狭さを思い知らせてやろう」

いつしか多くの人が食堂に集まり始め、僕僕たちのやりとりを固唾をのんで見守っている。剪吾は周囲を叱咤しながら厨房に戻っていく。食堂の人々は僕僕たちと目線を合わせないようにして食事を掻き込んでいた。

百樹たちは採み手をしながら剪吾の後をついて出て行った。周囲に人がいなくなったところで、

「おい、何てことを言いだすんだ」

強い口調で拠比はたしなめた。だが僕僕は涼しい顔である。

「鏡を見せてくれる？」

拠比が鏡を持ち、気を巡らせると鏡面に変化が現れた。

「『一』がこの近くにあるのか……」

「辺火王はとてつもない力があると言われてるし、ボクもそれを感じる。人が神仙に似た力を持つのは、術者や巫女《みこ》だけど、彼はそうじゃない。だとしたら、力の源は特別な何かだ」

拠比ははっと気付いて僕僕を見つめる。

「もしや、辺火王の厨師になって近づこうという策か。それはいいが、俺に料理はできないぞ。僕僕が教えてくれるのか？」

もちろん、と僕僕は頷いた。

「辺火王は拠比と似てるみたいなんだ。剪吾が作った料理でないと生きていけないけど、まともに作られた料理を、おいしいと感じることができない。だから同じ感覚を持つ拠比なら、何とかできるかな、と思って」

その時、大きな銅鑼《どら》が三度鳴る。

「辺火王のお食事だ……」

兵たちが食堂にいる人々を追い出し始めた。

「見てみたいものだ」

「いいよ」

僕僕が指を鳴らすと、拠比の衣は僕僕と同じ、白い厨師のものへと変わった。

5

「王もここで食事をするんだな」

巨大な天井の高い建物である。天井には大きな戦の様子が赤を基調にして、微細に描かれている。ひと際勇壮に、他の人物と区別して描かれているのが、王であるらしかった。

「ここは連れてこられた者が食事を摂る場所ではないのか」

「人って貴賤をとてもつけたがるし、辺火王もそれは同じ。でも食事は別なんだって。誰もが腹を満たさなければならないし、その場所はどこでも構わないと考えてる。もちろん、食事の内容は全然違うけどね」

「貴賤……」

神仙にとっては、修行の深さと術力の強さが全てである。道術を学び、仙丹を錬成していれば、互いの優劣や貴賤を争う必要はない。術力の差は時に優れた仙丹などの力により、逆転することがある。だが、それは勝負の場で起こる話ではない。神仙の争いが全て戯れなのはそれが理由である。

「位の高い人は、特別な場所で食事を摂ることが多いんだけど、辺火王に限ってはいかに厨房の近くで食べるかということが大事なんだよ」

食堂の奥から男たちが色とりどりの皿を運んでくる。皿は円形であったり方形であったり、底が深かったり浅かったりと様々である。そして、その上に乗っているものがまた、拠比の目を奪うものであった。

肉の焙られたものは黄金の輝きを放ち、蒸されたものはむっちりと蕩《とろ》けんばかりの柔らかさを見せつけて食欲を誘う。陽光を受けて育つ葉物の色は、畑にある時よりもはるかに鮮やかな緑をまとい、土中から来たものは大地の力強さを湛えている。

「剪吾さんの料理、ボクがお父さんやお母さんから学んだものとはまた趣が違うんだ」

確かに、僕僕が出してくれるものとは種類を異にしている気がした。

十数皿が出揃ったところで、王の辺火が出てくる。僕僕は拠比を引っ張って、食堂の端に控えている侍女たちの間に隠れるように立った。給仕を率いているのは、望森と美豊であった。

「いつの間に王に取り入ったんだ」

「あれでも神仙だから、他の人よりは気が利くんじゃないの」

確かに、望森と美豊の動きは息が合っているし、辺火も険しい顔をしているが、特に何か言うわけでもなくゆったりと座っているように見える。

「人に傅《かしず》く神仙か」

神仙に祈る人々しか見たことがないだけに、新鮮な光景でもあった。だが僕僕の、

「ボクもやってみたい」

という言葉には耳を疑った。

「本気か?」

「料理を作ることと給仕することは車の両輪だよ」

王が目で合図すると、美豊がその視線の先にあるものを取り分け、王の前に置く。彼も含めて、誰も話すために口を開く者はいない。王が箸を進めるうちに、剪吾の険しい表情はやや和らぐ。

「それにしてもよく食うな」

「辺火王は健啖家だ。政《まつりごと》ってお腹が空くんだね」

食事の終わりの合図は、王が立ち上がって去ることであった。辺火は見事な食べっぷりを見せ、苦しそうな素振りも見せなかった。

「料理の出来としてはどうなんだ？」

「それは大したものだよ。お父さんやお母さんでも敵わないかも」

「そんなのと勝負させる気か」

「拠比ならやれるよ」

そう言いつつも不安なのか、僕僕は一度大きく導引して呼吸を整えた。

「そうだ、拠比にこの都を紹介してあげる」

「話を変えたな？」

「気分を変えるんだよ。勝つにはまず相手のことをよく知らないとね」

手を引かれるままに、城壁の上へと登る。厨房の裏手には小さな階段があって、城壁の上に通じている。そこから都を見下ろすと、拠比の知らない景色が広がっていた。この天地にはこれほどの人がいるのか、と拠比は驚くばかりであった。

辺火という王が人を集めている様子は、昊天《こうてん》の空から見た。粟粒のように小さな家屋が並び、その周囲には木立や山が切り拓かれていた。どれもが小さく、可憐とすら思える程だった。

「ね、すごいでしょ」

城壁の上に捌比を誘った僕僕は、大きく手を広げる。辺火王は、何万という人を集め、巨大な都と城を築いている。道が四方に延び、都に集まる人々の腹を満たすための食糧を賄うための田畑や牧場が広がっている。

「神仙とは全然違うんだよ」

確かに違う。人が放つ気は身体を僅かに覆う程度で、色もない。そのなんと小さいことか。

「これほど集まっても、まともな神仙一人にも足りないんだな」

もし捌比がかつての力のままであったら。捌比の盟友である耕父や燭陰《しょくいん》であったら、このような営みは一瞬にして消し飛ばせるだろう。

「でも、人の祈りの力は捌比も知ってるでしょ？」

「あれは……大したものだった」

自らはごく弱い力しか持たないのに、祈りによって神仙の力すら左右する。ぞくり、と捌比は背筋に寒いものを感じた。

「もし、ここにいる人たちが一斉に同じことを祈ったら……」

捌比の言葉に、僕僕はしばし考え込んだ。

「すごいことだろうね」

その表情は楽しげであった。

「神仙と人で力を合わせることができるなんて、素晴らしいじゃないか。そうなったらボクは神仙も人も共に天に昇るようなご馳走を作るんだ」

「神仙と人で、か」

先ほどの望森と美豊がかいがいしく人の王に仕えている様を思い出して、少々恐ろしくなってしまった。大きく呼吸して都を見渡す。

「気が濁ってるな……」

「これが都の景色だよ。栄陽ってみんな呼んでる」

歩いてきた時とも、千里眼で見た時とも印象が違う。人の背丈の十数倍ほどの城壁の上からは人々の営みまで見える。道行く人々、路傍でやりとりしている店と客、隊列を組んで行進する兵士……。

「面白いね」

僕僕は目を輝かせている。

「毎日見ているんだ」

「ここから？　彩雲の上から見ればいいだろう」

「それも楽しいんだけど、ここからの眺めが一番好き。都が少しずつ変わっていくのがわかる。それぞれが色んな事を考え、小さく行きつ戻りつしているけど、一日ごとに変わるんだ」

驚くほど人に親しみを感じている。神仙でも、その外見は魂の性分を表す。人の外見を炎帝に与えられた僕僕が人に近いのは、ある意味当然ではあったが、それでも近すぎると思うほどであった。

「それにしても」

拠比は心配なことがあった。

「俺が厨師で、うまくいくのか」

「ボクも手伝うからきっと大丈夫。この城の奥深くに『一』の欠片《かけら》があるんだから、二人でいた方が好都合だよ。城の奥へと入るためには、王の近くにいなければならないし、神仙としての力は、もともと拠比の方がずっと強いから」

何気なく過ごしているようで、何をすべきかよくわかっている。

「辺火も剪吾も、いつも言ってるんだ。俺を超える者が現れたら、己の地位など全て擲《なげう》つって。挑戦はいつでも受けるって。これを使わない手はないよ」

「剪吾に勝てば、辺火により近付ける。『一』の欠片の行方もさらにはっきりするというわけか……」

僕僕の手元には『一』の欠片が一つある。それは羽根飾りの形となって細い革ひもに結わえつけられ、首から下げられている。

そうと言われなければ『一』の欠片などとはわからないほどだ。

「後は、黄帝側の連中がちょっかいを出してこなければいいが」

その時、城壁の下が騒がしくなった。

「何だろう？」

二人が身を乗り出すと、壁の下には人だかりができている。大きな木の札が立てられているのが見えた。

「城から何か布告がある時は役人が触れて回るんだけど……。辺火王は最近文字を決めて、人々の間で使うよう勧めているんだ」

神仙の間では、文字を使うことは珍しくない。術や符の力をそこに封じこめ、使いやすいようにする工夫が長年積み重ねられてきた。それは黄帝の側でも変わらないから、人が文字を使うのは特段不思議なことでもなかった。

僕僕は彩雲を呼び、さっとその前を飛び過ぎて戻ってきた。

「何と書いてあるのだ」

「剪吾に挑む者が現れた。他にもいるなら挑戦を受ける、だって。褒美は剪吾が持つ全て、だそうだよ」

「全てというと？」

「地位も富も、っていうことじゃないかな」

人々が争って役人に挑戦を申し出ているが、敗北の代償が全ての財物の没収と三族皆殺しと告げられて、すごすごと去っていった。拠比は、厨房から出てきた剪吾の険しい表情を思い出していた。

「人はあんな風になりたいのだな……」

「地位と富はいいものらしいから」

よくわからないな、と拠比は呟いた。

6

辺火が中心にいて、その周りに人がいる。それは幼い頃から、剪吾が見慣れていた光景であった。彼にはもともと、長として君臨するための全てが揃っていた。

獣を追い、草原を駆けまわっていた頃から一族の長に必要なことは変わらない。率いる者たちを食わせ、飢えさせないことである。そして剪吾の仕事も変わらない。辺火の腹を満たし、舌を満足させることである。

気づけば、あの狩りの日から十数年が経っていた。

厨房の仕事が終わると、剪吾は宮城の中にある屋敷へと帰っていく。一辺二百歩の敷地は、土を搗《つ》き固めた壁で囲まれ、その壁から頭を出す邸宅の屋根は人の数倍はある。

もちろん、王の宮殿よりは小さいが、他の重臣たちに比べると遥かに大きい。

朝の食事が終わると、王は大臣たちから国事についての報告を受ける。辺火はおよそ人の住む地域には軍か官吏を派遣し、版図を広げ続けていた。辺火に従えば飢えず、逆らえば飢えるということで、ほとんど戦いにならず勝利を続けていることが将軍の一人から奏上された。

多くの軍勢が都から出て、多くの富と民が都に集まる。辺火が人の上に君臨するようになって、それは日常の光景となっていた。だが、その会議の終わり、

「たかが飯炊きごときに、待遇が厚過ぎるのではありませんか」

ある大臣が、辺火にこう文句をつけた。

「ほう？」

王は目を細めて彼を見た。

「待遇の厚薄は、どこに重きを置くべきと卿は考えるか」

大臣は青ざめ、そして平伏した。

「言うまでもなく、王に忠であり、功を成した大きさに値するものでなければなりません」

「では卿は俺に、いかなる功があったか」

この大臣には、はっきりとした功績があった。

「こちらをご覧下さい」

さっと手を上げる。その先には、王都「栄陽」の光景が広がっている。宮殿はなだらかな丘陵の上に、さらに土を盛り上げて築いてあった。広大な宮殿を伏し拝むように、都の甍《いらか》が周囲を取り囲んでいる。

町は五色に色分けされ、それぞれの境目には広大な市が設けられていた。五色はそれぞれ、人々の職分を表している。五つの色が絶えた外側には、緑の平原が果てしなく広がる。それは自然に育った緑ではなく、人々を養うための作物の緑であった。

「これこそ、我が功であります」

「なるほど」

辺火は頷いた。

「確かに卿の功績は大きい。これほどまで雄大な王都を築き上げ、多くの民を招いて栄えさせ、さらに飢えさせることなく近郊に田畑を開き、着るもの、仕事に不自由せぬような工房まで抜かりなく作り上げた」

大臣は満足そうな表情となる。

「だが」

王の声は厳しくなった。

「その技は誰が授けたものかな」

「そ、それは王の叡智によって私に授けられたものでございます」

急に声が小さくなった。

「我が命は、民は等しく王のために身を捧げるべしというものであった。富める者、貧しい者、それぞれが尽くさねばならぬ」

「真に、その通りでございます」

大臣は王の口調の険しさが理解できぬまま、頭を下げた。

「しかるに、卿は貧しきを働かせる一方で、富める者からは賂《まいない》だけをとって働かせることをしなかった。賂として取った財物はどこにある？」

大臣の顔色がさっと変わった。

「卿の邸宅では、蔵が日ごとに増えているという話だが」

「そ、それは都の造作には物いりでございますから」

「何も自分の屋敷に置かなくても、宮城には立派な国庫があるぞ」

さらに、と辺火は続けた。

「道を作るにも、工房を営むにも、国に収める物のうちの幾ばくかを我がものとして、市に流しているという話も聞く。それだけの商いをしていれば、俸禄を上げずとも不自由することはあるまい」

大臣は平伏したまま、言葉を失ってしまった。

「言っておく」

辺火が言うと、他の大臣たちも一斉にひれ伏す。

「我が臣下のうち、もっとも厚く遇しているのは確かに、これなる剪吾である。彼は日々厨房にこもり、我が腹と舌を満足させることに怠りなく、俺もまた、不満を覚えたことがない。それこそ大功と称賛されるべきである。卿らの中に、日々の務めの中で俺に不満を抱かせなかった者がいるか」

その問いに、大臣たちは平伏したまま一言も発しない。

「そうであろう。では、この話は終わりだ」

文武の高官たちが辺火に一礼して去る。剪吾は常に辺火の傍らに侍っていたが、敵意に溢れた視線をいくつも受けた。

「求めるなら、それなりのものを与えねばならん。そうだろう？　我が厨師よ」

警衛の兵が数人、広い閣殿の周囲に立っている。

「ところで剪吾」

辺火は玉座にもたれ、大きく伸びをした。このような姿を見せるのは、剪吾の前でだけである。

「厨師を止めたいと思っているのか」

「私を超える厨師が出てくるのであれば、その人物こそが厨房を任せるにふさわしい者です」

「飽きたのではなかろうな」

「食の道に終わりはなく、飽きもありません。我らは挑まれて背中を見せてはならず、我が腕が無双であることを示す意があるのみです。そして我が腕を天地に広め、飢えを滅ぼしたいという志も変わらない」

「お前の代わりはいない」

「王は常に仰っています。事を成すのは人ではない、と。全てに打ち勝つ強さである、と」

「厨房以外なら、そうだ」

疑わしげな表情を浮かべ、辺火は玉座から立ち上がった。

「十二年前の事を忘れたわけではあるまい」

辺火の胸元が、ぼう、と鈍く赤い光を放った。

「我が命のもと、人は導かれて正しい道を歩む。我が覇道が天地の人々をまとめ上げれば、誰も飢えることはなくなる。お前はその道を進む俺に、全てを捧げると誓ってくれた。だからこそ、俺は全てを民たちに捧げることができるのだ」

わかっている、という風に剪吾は頷いた。

「その心に偽りはないな？」

ぞくりとするような冷たさが、瞳に宿っていた。

「言うに及びません」

辺火は玉座から立ち上がり、剣を抜いた。そして、自らの胸元に突きつけた。

「小さな部族の長でしかなかった俺がここまでこれたのは、この身に埋め込んだ喁《アギ》の宝玉とお前の作る食のおかげだ。心身を吸い尽くすと喁に言われて授かったこの宝玉に、俺が全てを奪われないのは、お前が全てを補ってくれているからだ」

剣先を剪吾に向ける。

「だが、国が大きくなるにつれ、宝玉の求めも大きくなってきた。もっと美味を、もっと珍味をと俺にせがむ」

その目に、狂おしいほどの光が宿っている。王はやがて、執務を行う四神殿へと戻っていった。

7

栄陽の人々は、一日二回の食事を摂る。

朝早くから働き、しかも都を造営する職人など体を使う激しい仕事が多いことから、朝食がもっとも重い。市では夜明け前から店が開き、日が暮れる前には酒を出す店が賑わうようになる。夜の帳が下りる頃には、大方の店は閉まり、人々の多くは眠りに就く。

だが、剪吾は夜遅くになっても眠らない。

どの大臣よりも広い邸宅の奥には、王宮のそれと全く同じ造りの厨房がある。数十歩四方の厨房の中で、絶えることなく炎を吹き上げる竈と、常に沸き立っている大きな鍋が濛々《もうもう》と湯気を上げている一辺に目をやり、反対側の壁へと歩いていく。

壁には大小の扉がいくつも設けられている。そのうちの一つを開けると、干した果実や香草が甕《かめ》に入れて保管されている。また別の扉を開けると、各種の油がしまわれていた。どれもが天地のあちこちから運ばれてきた珍しいものばかりだ。

「食を楽しむなど……」

剪吾は苦々しげに呟いた。

もっとも大きな扉を開くと、ふわりと冷気が流れ出してくる。白い収納に木の枠をはめ、奥行きは人が一人入ることができるほどに深い。その奥には、藁に包まれた白く大きな塊がある。それが冷気の源だった。

何百人という民がこの塊を運ぶために千里彼方の雪山に赴いた。荷駄いっぱいに積まれた氷の塊は都に運ばれるまでに半分以下となる。

そうして残った氷が、食材を置く冷室の力となる。

栄陽には、四方から多くの品が進呈される。絶対の王である辺火の歓心を得るために、人々は知恵を絞る。

王は金銀や奇岩宝石を喜ぶわけではない。美女を好むわけでもない。何に喜び驚くか見当がつかないから、時に突拍子もないものが届くことがあった。

神仙が暮らすという蓬萊山から伸びる峰々の中には、雪と氷に覆われたものもある。命の危険を冒して氷を切り出し、進呈する者たちがいた。

「冷やして時をまとわせることで、食材の味が変わります」

そう辺火に言ったことがきっかけだ。剪吾は火を使って食材を調理するうちに、逆に冷やしても味を変えることができるのではないか、と考えるようになった。

「すぐにやれ」

王の命令で、氷は常に運ばれてくることになった。次の氷塊を集めるために、新たな一団が派遣されているはずだ。

氷を運んできた者たちと言葉を交わしたことがある。王に大切にされている厨師に対して、彼らは必要以上にへりくだった態度で、お望みのままに氷をお持ちしますと揉み手をした。

「その指はどうした」

手指が欠けている者が多い。

「これは見苦しいものを……」

「そんなことは言っておらぬ。皆が指を欠いているのはどういうわけだ。戦でもあったのか」

「いえ……」

男たちは顔を見合わせて黙っている。元々猟師であった剪吾は、人の指がそのような形で落ちる理由が、推測できないわけでもなかったが、問わずにはいられなかった。

「どうした。理由を申せ」

いらだった様子で剪吾が訊ねると、おずおずと一人が口を開いた。

「塊となって容易に溶けない氷は、寒く高い山にしかございません。そして、氷が溶けぬような高山は風雪が荒く、そこまでたどり着くだけでも命がけなのです」

本来であれば、氷雪の山というのは人が敬し、遠くから拝礼するものであって、近付くべきものではない。猟師も山に住まう神仙に真摯な祈りを捧げてから、入ったものであった。

「祭りはしなかったのか」

「それはもちろん……」

男たちは目を伏せ、剪吾の視線を避けている。

「もちろん、山にお住まいの神仙には心を籠めて捧げ物をし、祈りを捧げました。しかし、山の怒りは遠くからお許しを請うことはできても、人ごときが足を踏み入れるのをお許しになるとは限らないもので」

結局、彼らが山に入るごとに雪と風の怒りに触れ、彼らは指の何本かを犠牲として奪われるはめになった。

「そこまでして取ってこなくともよい」

剪吾は顔をしかめたが、男たちは慎重な表情で頷かなかった。

「取らずともよい、というのは王の命でございましょうか」

「いや、俺の命だ」

「氷を切り出し、栄陽に送れというのは王命と言われています。辺火王に従うことは絶対です。もしそうでなければ、失うのは指だけではすみません。あなたなら、王の意に反することを申し上げられるのですか」

男たちが救いを求めるような表情で剪吾を見る。だが、彼は請け合うことができなかった。昔なら思い切った諫言もできただろう。共に狩りに出ていた若き日なら……。

「すまぬ、堪えてくれ。これで王が満足すれば、お前たちは少なくとも飢えずにすむのだ」

剪吾の言葉に一瞬失望を浮かべたが、それをおし隠して彼らは去った。

その時の事が、苦々しく思い出される。氷が溶けてしまうことに気付き、急いで冷室の扉を閉めた。その時、背後に人の気配がした。

「父上」

「ここには来るなと言ったはずだ」

振り向くことなく、剪吾は言う。

「父上に挑む厨師が現れたとか」

「事情を知らぬから、そのような愚かな挑戦をする」

「僕にその勝負、やらせて下さい」

「お前は父と己の死を望むか」

「違います」

剪吾を父と呼ぶ少年・雪俎は、足早に父の前に回った。調理台からまだ頭が出たくらいの幼さを残しているが、瞳が放つ輝きは強い。

「無双の厨師である剪吾の子は、無能ではないと人々に知らしめたいのです」

「無用なことだ」

剪吾は即座に拒んだ。

「何故ですか」

「厨師は己が何かを言いたいために料理を作るわけではないからだ。俺は王の腹と舌を満たすために包丁をふるい、鍋を振る。それは何のためだ。己が無能でないと誰かに証を立てるためか？　王の求めるところに従って、その政が滞りなく行われるようにする。我が子でありながら、そんなこともわからんのか」

厳しく叱りつけると、雪租は口惜しげにくちびるを噛み、厨房を出て行った。

8

「こんなきれいな服を着させてもらえるんだ……」

昔花は緋色の衣の裾をちょっと摘み、感嘆のため息をついた。厨房の裏手に、厨師や給仕が身体を休める小部屋がある。

「私が考えた衣装よ」

隣で美豊が得意げに胸を反らせている。

「本当に？」

僕僕は白い厨師服のまま腕を組み、疑わしそうに言った。

「あら、羨ましいの？　厨房みたいな暑苦しい所で働くのはやめて、私たちと一緒に給仕をやりましょうよ。私が考案したこの衣、ちんちくりんのあんたには似合わないかもね」

「神仙の体型をあげつらっても意味ないだろ」

横で桃稔が言うと、

「ボクは変化があまり得意ではなかったんだけど……」

確かに、と拠比も内心領いていた。先だっての旅でも、僕僕は姿を変えることはほとんどなかった。ただ、拠比や戎宣も力を減じてからは姿を変える術を使うのは控えている。

「でも、ちょっとやってみようかな」

僕僕はにやりと笑うと、人差し指をくちびるの前に立て、

「疾《チ》ッ！」

と気合をかけた。厨師服を着た少女の輪郭がぼやけ、手足が太く、長くなっていく。肩までの髪は短くなって天を指し、細く冷たい男の目に変わった。

「げえ、剪吾さま！」

美豊が蛙のような声を出して、膝をつきかけて我に返った。

「な、なかなかやるじゃない」

変幻の術は、ただ姿を変えればよいというわけではない。形だけを変えるのは、変化の術の基礎でしかない。その力や気配までも似せて、初めて変化を極めたと言える。

「いつの間にそんな修行したんだ」

「できてる？　炎帝さまの工房で迷ってる時に、いろいろ薬丹やら薬液を飲んじゃったんだよね」

僕僕はあっけらかんとしたものであった。

「彩雲とも速く飛べるようになったし、変化の術も自由自在。それにね……」

目を閉じ、心気を凝らす。髪がふわりと上がる。その周囲がぱりぱりと音を立て始めた。

「雷術、いつの間に身につけた！」

術の正体を察した拠比は、慌てて霧を呼ぶ。

「そおれ」

僕僕の楽しげな声と共に、どしん、と地面が揺れた。強い雷光が一瞬放たれたが、それは厚い雲に遮られる。昔花や桃稔たちが驚きの表情と共に僕僕の方を見ていた。

「な、何があったの」

「僕僕は新しい術を手に入れたみたいだな」

戎宣が呆れたように言って、衝撃で消えた首を戻している。それを見て昔花が目を回していた。

「ちょっと、あんただけずるいじゃないの」

美豊は不服そうであった。

「ボクは元々料理しかできないんだから、これくらいいいじゃないか」

僕僕もくちびるを尖らせて言い返していた。

「美豊はそんな綺麗な衣を仕立てることだってできるんだし」

「言っておくけど、術でぽんと出したわけじゃないわよ。夜なべをして縫い上げたんだから」

望森が懐から、美豊たちが着ている衣と全く同じ意匠の、ごく小さな衣を取り出した。

「術だとこれが精いっぱい」

「やめてよ恥ずかしい。壁の間で力が落ちてるから仕方ないでしょ」

美豊が手を伸ばしてそれを奪い取る。

「でも、なかなか洒落てると思うぜ。人間が何を好むのかはよくわからねえけど、お前の作った衣はこの姿には合ってるようだ」

本来は狗《いぬ》に似た獣の姿をした神仙である望森は、ひょろりと背の高い男の給仕姿になっている。

「でもこれは見目が良くないと似合わないな。百樹のような姿では滑稽になるだけだ」

うるせえ、と部屋の向こうから大きな声がして、百樹が水場から顔を上げた。

厨房で働く者たちは、石組の大きな砦《とりで》のような建物の中に住まわされている。二層目に男が、三層目に女が寝て、一層目には共用の厨房や水場があり、生活の場となっている。

「僕僕は楽しそうだな」

戎宣は怪訝そうに拠比に囁いた。

「あの連中、黄帝さまの手先のはずだよな」

「そうですよ。しくじり続きで赤精子《せきせいし》に見限られ、今は白仁子《はくじんし》の配下だとか。相変わらず下っ端ではあるでしょうけれど」

「それとあまり仲良くならない方がいいのではないか。黄炎の狭間に壁を作っているだけでもきな臭いのに、人が群がり集まっている所にあいつらがいるのは怪しすぎるだろう」

「向こうも同じことを思っていますよ」

「百樹たちはここで何をしてるんだ」

「人を監視していると言っていましたが……」

自分たちはあくまでも「全ての味を超越した幻の食材」を求めて旅をしていることになっている。ただ、黄帝が炎帝と距離をおく今、彼らが抛比たちに警戒心を持っているのは間違いなかった。

「その割には、だ」

戎宣は和気藹々《あいあい》としている様子に納得がいかないようであった。だが、抛比はその暢気な風情の理由が、少しわかるような気がした。

「その程度の神仙しかいない、のがいいのではありませんか」

もし従前の力のままの抛比や戎宣、黄帝側の四真部《ししんぶ》の連中がここにいたならば、それこそきな臭いことこの上ない。だが、まっとうな神仙が入ることを許されない「壁の間」の地、だからこその平穏もある。

「それ、半分正しくて、半分間違ってるぞ」

僕僕が美豊から衣を借りてはしゃいでいる姿を見て、戎宣は苦々しげな口調になった。

「ここの平穏は、神仙からすると吹けば飛ぶようなものでしかないんだ」

「確かにな。だが、その吹けば飛ぶような平穏を、炎帝さまも黄帝さまも保とうとしているんじゃないか」

「何のために？」

「それは……これ以上の軋轢を生まないためだろう」

「だったらそもそも、壁なんか作って神仙の往来を絶ったりするか？」

僕僕は美豊に給仕を出す際の作法などを習っている。

「黄帝さまは、随分と自分たちのやり方を人に教え込んでいるんだな。俺はああいう堅苦しいのは苦手なんだが」

炎帝側の神仙は、炎帝を敬愛しているが互いの上下はあまり気にしない。

「ともかく、この王宮にある『一』の欠片を手に入れることを考えるとしよう」

9

剪吾は一人で厨房に残り、食材の吟味をしていた。だが、気づけば彼の前に少女が一人、立っていた。厨師服に似た衣を着ているが、袖が長く、幅もゆったりと広い。

「悩みごとか」

重く陰のある少女の声をしているが、背丈はごく小さい。調理台の上に立っているように見えるが、足と台の間にはわずかな空間がある。

「まだ悩むに至っていない」

「そうは見えませんよ？」

少女は調理台の上に無造作に並んでいる果実をいくつか拾い上げ、曲芸のように手の中で回した。その果実は消え、椀の中に果汁となって混じり合っている。多くの色が下手に混じり合えば、醜い色になりがちだ。

なのに、この娘が食材を組み合わせれば、剪吾の思いもつかない色彩と味わいが生まれる。

「どうぞ」

飲んでみて、と少女は促す。椀を手に取った剪吾は、鼻を近づけた。匂いは柑橘と葡萄の香りが入り混じり、はじめは雑多な印象を与える。だが、鼻腔内で合わさった二つの香りは、渾然一体となって気高い牡丹のような芳香となって広がった。

味もまた、そうである。酸味と甘味がせめぎ合い、絡まり合ってのど元を過ぎていく。

「うまいな……」

剪吾は正直な感想を漏らした。

「何故お前はここまで人の味覚に通じているのだ」

「調べ尽くしていますからね。強いところも、弱いところも」

ぞくりとする笑みを浮かべる。

辺火の望む味を日々供することができるのは、剪吾の不断の努力のためだけではない。厨房に現れる、この少女の助言があるおかげで、王は己に最高の栄誉を与えているのだ。

剪吾は飢えない食事を作るのは得意だ。だが、王が退屈しないものとなると厳しい。日々新たな料理を考えるのは楽しいこともあったが、かなりの苦痛であった。

剪吾の舌は、少女が与えてくれた液体に何が入っているのか、その配合を解きほぐし始めている。肉に合うのか魚に合うのか。肉ならばどの部位か、魚ならどのような種のものか……。

「ところで」

考え込んでいる剪吾に、少女が声を掛けた。

「あなたに挑戦する愚か者が現れたというが」

「ああ、最近厨房に入った新人と、同郷の者らしい」

「その者のことを、私は知っている」

剪吾は鋭い視線を少女に向けた。

「私と戦うわけでもないのに、そんなに睨まないで」

ぞっとするほど、冷たい声であった。

「お前の正体を考えることがある。全てに答えを与えてくれるが、そこだけがわからない」

ずっと気になっていたことを訊ねた。

「私？ 日々新たな味を考え続けるあなたが呼んだ、不可思議な存在だよ。厨師が客に全てを教えるかい？」

でも、と楽しげに目を細めた。

「少しくらいなら良いかな。いくつか答えてあげてもいい」

「お前はどこの誰で、どうして俺に挑む厨師の素性も知っているか、それくらいは教えてもらいたいものだ」

「では一つ、教えてあげよう。その男が厨師ですらないことを、私は知っている。何も変わったところのない、普通の青年としてやってきたが、彼の故郷は神仙の住まう聖なる地、炎天だ」

すう、と少女の目が細められる。

「炎天……？」

剪吾はその名を聞いたことがなかった。辺火は四方に住まう人々から、その地にどのような川が流れて山が聳《そび》え、何を得ることができ、どのような獣や草花があるかの知識を得てまとめようとしていた。

少女は剪吾の前に、巨大な円盤を映し出して見せた。

「これが私たちのいる天地」

「天地、だと……」

中央に飛び抜けて高い、聖なる山がある。剪吾の生きていた地域からは天候が良くても朧に見えるだけで、近づこうとしても決して近づくことはできない、とされていた。

「蓬莱、と私たちは呼んでいる。その向こうにも、天地は広がっているんだ」

「その山、やけに小さく見えるな」

「蓬莱はどの山よりも広い裾野を持ち、高い頂を持っている。それでも、この天地の中心の一角を占めているに過ぎない」

少女が言う九つの天の名前を、剪吾はぼんやりと聞いていた。急に話が大きくなってついていけないでいる。

「あなたが言い出したことだよ」

「俺が訊きたいのは、お前が誰か、ということだ」

「だから説明しているのだけれど」

何故そのようなことを問うのか、と少女はかえって不思議そうな顔をした。

「お前を知るためには、この天地の成り立ちを知らなければならないということか？」

「あなたは人にしては聡明だ。さすがは選ばれただけはあるし、私の話相手としてもふさわしい」

「選ばれた？」

「そう。あなたはここでやるべきことがある」

今日の少女は、やけに饒舌だった。そして、天地の姿に注目させる。小さな作り物の世界だというのに、雲がたなびき、その間を鵬《おおとり》が遊弋《ゆうよく》している。

「それで、この天地のいかほどを我らの王は領しているのか。神仙の住まうという炎天ですら、辺火王の版図なのか」

剪吾の言葉に少女は笑いだした。

「あなたは聡明だけど、人にしてはという但し書きがつくね」

気付くと、少女が剪吾のすぐ目の前にいる。少女の指先が額に触れて、全身に痺れが走り、視界が歪む。鼻の奥に楓《かえで》の枝が焦げたような匂いが走り、ついで甘い蜜の味が舌の上に広がっていった。

体が浮き上がり、手足をばたつかせても四肢は空しく宙を掻く。悲鳴を上げ、思わず目をつぶると今度は落とされる感覚があった。身を縮めて落ちた先は、柔らかかった。

「これは……」

剪吾は暖かい羽毛の上にいた。その羽毛の塊はゆっくりと波打っている。目の前で細かく揺れている羽毛を掻き分けて、彼は声を上げそうになった。

「驚いた?」

聞き覚えのある声がする。風の音が耳を覆っているのに、その声だけははっきりと聞こえる。雲の中に入って、さらに風音が強くなった。

「お前なのか……」

羽毛の塊が形を変えて、優美な鵬の首筋が見えた。

「私の友だ」

少女がその頭の上に座っていた。何者だ、という問いの答えがこれか、と剪吾は腹の底が震えるようであった。これまで厨房の精霊だと思っていたのは、鵬を操る神仙であったらしい。

鵬がぐっと体を傾けたので、とっさに羽毛を摑む。ごうごうと耳元で響く風音が、ふいに止んだ。少女が地上を指している。広い天地が漠々と広がっているのが見えた。

「あれが全て、王の版図なのか」

少女は応えず、鵬をぐっと降下させた。いくつもの雲を割り、緩やかな低山に見えていたものが、実は峻嶮《しゅんけん》な高山であることがわかってきた。小川に見えていたものが、大河へと姿を変えていく。

広大な沃野もあれば、荒れ果てた砂漠もある。空を映す大海もあれば、白が無限に続く氷原もある。それが視界から消えて、天地の一隅へと下っていく。

すると、周囲の緑と違う一角が見えてきた。整然と方形に拓かれた田畑と村落、続いて都の家並みが徐々に鮮明となってきた。その中央に、辺火の築き上げた尖塔を中心とした宮城が視界の中央に迫ってきた。

そして一瞬足もとが揺れ、よろめいて膝をつきそうになる。顔を上げると、元の厨房にいた。調理台の向こうには、少女が微かな、冷たい笑みを湛えて立っている。

「天地は広大だろう？」

神仙の力に触れ、膝を折ろうとすると、

「無用なことだよ」

少女は手を振った。

「あなたは私に何者か、と訊いた。だから答えを与えた」

「お前と同じような存在が、俺に挑んできている、ということなのだな？」

「そう。普通の方法では、決して勝つことはできない。そして勝たなければ……」

これまでの志が全て無に帰す、と少女は囁いた。

「神仙は人の生死など気にしない。力を見せつけ、人を屈服させることに喜びを見いだす連中だ。あなたが負ければ王は満足を得られず、やがて常勝の王道から外れ、そうなれば折角集まった民も死ぬことになる。己の務めを投げ出すことは、許されないんだよ」

「分かっている」

剪吾は苦い表情で頷いた。

第五章　禁断の一皿

1

辺火は自分がまどろんでいたことに気付いた。朝の政《まつりごと》の後、王が身を休める部屋が玉座の奥に設けてあった。

「腹が減ったな……」

広い部屋の中に、食物の気配はない。狩りをもっぱらとしている時は、食うことと普段の暮らしはすぐ隣にあった。空腹が心の中の闇を呼び起こす。美しい部屋の調度も、褥《しとね》の絹も全てが憎むべき、醜いものへと変貌してしまうのだ。

「誰か、いるか」

一人の侍女が異変に気付いて扉を開けた。辺火の顔を見て悲鳴を上げ、慌てて口を押さえる。そのしぐさがとてつもなく癇に障った。食べ物は無いが、剣がすぐそばにある。

「王よ、何を……」

全てが忌まわしい。この女も、自分に仇なす憎き敵だ。

食らうべき、餌だ。

剣を振り下ろす。その剣先が硬い何かにあたる。それは獲物の骨だ。野生の獣の体は堅牢で、皮膚を一枚切り裂くのでも、相当な力量がいる。

俺は狩りをするのだ。幼い頃から獣を追い、戦い、そして仲間と家族の腹を満たすために己の命を賭けるのだ。

骨を断った。と思った瞬間、視界が一変した。一人の厨師が、その剣を受け止めている。

「どうされたのですか」

静かな声だ。視界がふいに鮮明になる。硬い、と感じたのは辺火の刀が鉄の鍋蓋を叩いていたからだ。その鍋を持っているのは、銀の髪の青年であった。

「何故、ここにいる……」

「剪吾《せんご》さまの命です」

鍋の中には乳白色の汁が満たされており、黄瓜と鶏肉が浮かんでいるのが見えた。

「王が空腹ではと心配されておられました」

そこでようやく、その青年が何者であったかを思い出す。

「剪吾に挑んだ者が、何故剪吾の下で働いている」

「王宮の厨房は、いずれ私のものとなるのです」

不敵な言葉だが、真摯でもあった。無双の厨師に、何故ここまで強気でいられるのか。その理由がわからない。

「お前は俺の舌と腹を満足させられるのか」

冷静な表情が一瞬揺れた。

「力を尽くします」

青い瞳をしていた。辺火や剪吾のいた部族の瞳は、多くが茶色がかった暗い色をしている。

「剪吾はどうした」

「夜の食事の準備を進めております」

厨師には体格の良い者が多い。重い鍋を振り、食材を大量に扱うのだから、腕も体も太くなる。剪吾もその例に漏れないが、もともと体は大きかった。

剪吾が寝室にまで食事を持ってくることは、珍しいことではない。だが、それは辺火が求めた時のみである。こうして先回りして持ってくるのは珍しかった。

給仕をしてくれる侍女を呼ぼうとしたが、どうやら先ほどの騒ぎで逃げ散ってしまい、近くにはいないようだった。

「仕方ない。お前が給仕してくれ」

寝台の横にある卓の前に腰を下ろすが、厨師の青年はぼんやりと立っているのみだ。

「何をしている」

「は、俺は人に食事を出したことがなくて」

「厨師だろう？」

「どちらかというと、食べる専門だったのです」

表情も変えないまま、奇妙なことを言う。奇妙といえば、この厨師の態度はさらに奇妙だった。ここ数年、辺火に対してこれほど平然と対する人間を見たことがなかった。

「名は？」

「抛比《きよひ》といいます。栴淵《せんえん》山の麓から参りました」

「そうか……まあいい」

辺火は、食器を探そうと立ち上がった。政に専念しているために、椀のような小物が宮殿のどこにあるか、全く知らない。

「探しに行くからついて来い」

「俺が剪吾さまに頼んで取ってきますが」

「頼まずとも取って来い」

「あてがわれた仕事以外の場所に触れると叱られるのです」

「頭の堅いやつめ。まあいい。椀くらいその辺りにあるだろう……衛兵！」

寝室を守っている兵は、王に声をかけられて、ぴしりと姿勢を正した。こうして警衛の兵に直接声をかけることも、最近ではほとんどなくなっていた。

「椀や箸のある場所を知らないか」

「我らの使っているものなら！」

「それを貸してくれ」

「汚い椀を王に使わせるわけにはいきません」

はっきりと、しかし怯えをあらわにして彼は応える。

「別に構わないがな。では綺麗な椀のありかを知っている者は」

「間もなく戻ってくるはずです！」

辺火は背を向けて、後宮の方へと歩き出した。女性しかいない秘密の宮殿に通じるのは、小さな門一つだけだ。そこを通り抜けることができるのは、辺火自身か男性であることを捨てた宦官《かんがん》のみである。

「あそこなら椀の一つくらいはあるだろう。待っておれ」

門の前と壁沿いには当然兵士が立っているが、王の姿を見て拝跪した。

2

抛比は待てと言われた場所で止まり、門に入っていこうとするその背中を見送っていたが、ふと妙な気配に気付いた。水が騒いでいた。天地のほとんどの場所には、水の気配がある。拠比は力を減じてから、わずかな水の声が聞こえづらくなっていたが、はっきりと感じられるほどに、騒がしい。

その源がどこかを探っているうちに、膝をついている兵士のうちの一人が、不意に立ち上がった。辺火も間もなく気付いたが、腰に佩《は》いている長剣を抜き、腰にためて向かってくる兵に虚を衝かれた形となった。

拠比は一瞬迷ったが、心気を凝らして水を呼ぶ。

空には雲、地には花、あらゆる場所に水はある。拠比の呼び声に応じて、ほんの少しずつの水が、その手元に集まってきた。

「疾《チ》ッ！」

気合と共に水の塊がその兵士の足元をすくった。倒れた彼を、他の兵たちが取り押さえる。

「殺すな」

辺火は厳しく言って兵たちを制した。

「何者の指図か、必ず白状させよ」

だが、兵たちは男を立たせることなく、王へと視線を向けた。拠比は水がまた騒ぐのを感じた。先ほどのざわめきは、この兵に流れる血潮が、辺火を殺そうとする時に発する激動によるものであった。

その血潮が、それまであった場所から流れ出て大地に吸い込まれていく。温度の違う水が互いに出会い、驚き、迎え入れている。

「陛下、自ら胸を突いて命を絶っています」

蒼白になった警衛隊の長が、声を震わせて言上する。配下の衛兵が王を殺そうとした罪が、己に連なってくるのを恐れている表情であった。

「兵を束ねる者として、怠慢である」

辺火は厳しい声で言った。

「だが、お前にはやるべきことがある。この者と同郷の者を探し出し、何故愚かな行いに走ったのか、突きとめよ。許すかどうかはその後に決める」

叩頭《こうとう》した隊長は、数名の兵を残して急ぎ足で去った。辺火は拠比に歩み寄り、

「助けられたな」

と礼を言った。

「不思議な術を使う。梅淵山には神仙の術を学ぶ巫女《みこ》がいると聞いたことがあるが、お前もその類か」

険しい表情で問いただされ、拠比はうっかり術を使ってしまったことを後悔した。

「その……梅淵山は聖なる蓬萊《ほうらい》に連なる山です。その近くに住む者の中には、時に神仙

の術に近い力を持つ者がいるとか」

荒唐無稽な嘘として信じてもらえないかもしれない、と抛比はひやひやしたが、案に相違して辺火は頭ごなしに否定することはなかった。

「その話、もう少し詳しく聞きたいものだ。だが、腹を満たすのが先だ」

そう言って本来の目的である椀を取りに後宮へと入っていく。これは困ったことになった、と抛比は戸惑っていると、程なくして戻ってきた。

「女たちの耳は敏い。門の外の騒ぎをもう知っておったわ」

二組の椀と箸を手にしている。

「俺の顔を見ると皆青ざめていた」

辺火の腰には長剣が吊るされている。

「俺は腹が減ると刀を振り回すらしいからな」

「それは、憶えていないのですか」

辺火は寂しげに笑い、頷いた。

「腹さえ満ちていれば天下の聖王だが、空腹だとただの野犬だ。今の俺は、もうすぐ剪吾の作ってくれた料理を口にできるという楽しみだけで、正気を保っている」

そう言うと、持っていた椀と箸を抛比に渡した。

「給仕はできずとも、それを持ってついてくることくらいはできるだろう」

侍女たちが帰ってくるまで、食事の供をしろ、と辺火は命じた。拒もうかとも考えたが、この男の厨師になるために、剪吾に勝負を挑んでいるという建前がある。

「承知いたしました」

と答えるしかない。

「一緒に、ですか」

「先ほども言ったはずだ。あの術のことや梅淵山のことを聞かせよとな。それに、剪吾の作ってくれた煮込みもある。欲するものを共に己の中に取り入れるには、お前が食事の供をするしかない」

「は……」

百樹でもいれば、こちらの方が凄い術を使いますと言って押しつけるところなのだが、気配を探ってみたところ近くにはいないようであった。辺火が寝室の扉を開け放つと、侍女たちが青い顔をして戻ってきていた。

「俺に斬りかかられた娘は無事か」

「罪を恐れまして謹慎しております」

辺火が問うと、年かさの一人が何とかそう答えた。

「しばらくは俺の顔を見るのも恐ろしかろう。後宮なり、静かな所でしばらく働かせてやれ。お前たちも日々の勤めに戻ってくれ」

侍女たちは拗比の厨師服を見て、安堵した表情でそれぞれの仕事に戻っていく。王の寝室は、それだけで拗比たちが抛り込まれている寮の数十人分の広さがあった。

そこには箸や茶器の用意も整えられている。戻ってきた侍女たちが、剪吾の鍋を見て気を利かせたらしい。

「さあ、血を見て多少気が逸れてしまったが、腹が減っていることには違いない」

辺火に促されて、鍋の蓋を開ける。ほわり、と暖かそうな湯気が広がった。湯気もまた、水が姿を変えたものである。拗比はその声を聞く。凍てついた氷にも、全てを押しつぶす凶器にもなるが、こういう時の水は可憐そのものだった。

「盛り付けもできない厨師など初めて見たぞ」

王は苦笑いしながら、拗比の椀に煮込みを盛った。

「しかし、人に取り分けてやるのも久しぶりだな。お前は最近ここに来たばかりだから知らぬだろうが、俺はもともと狩人をしていたんだ。お前は何をしていた？　最初から厨師というわけではあるまい」

「俺は……もともと水を商っておりまして」

「水？　梅淵山のあたりは緑豊かな地ではないのか」

「ええ、その、我らは山の奥深くを転々としておりまして、湧水などを探す仕事が特に大切だったのです」

よくもまあ、と自分でも呆れるほどの出まかせを言っていたが、不思議なことに辺火はあまり疑っていないようであった。誰も信じない、という狷介《けんかい》な様子を抛比に見せることはない。ある種の親しみを持っているような、そんな気がしていた。

「ふむ……やはり剪吾の作るものは美味いな。お前にこれを超えるものを作ることができるのか？」

それはわからないが、料理の腕には絶望的に自信がない。

「勝負の前に勝敗を口にするやつは愚かだからな。沈黙をもって答えとするのは悪くないが、王の問いには答えるのもまた筋だろう」

「それは……決戦の日をお楽しみになさって下さい」

そう答えるのがやっとであった。

「答えを欲しがりすぎるのは悪い癖だ。だがな、一度答えを手に入れる力を得てしまうと、そうでないことにどうしようもなく苛立ちを感じてしまうのだ」

辺火の言葉に、ふと思い当ることがあった。水を司る神仙としての力は、ごく当たり前のものであった。当たり前の力がなくなり、できなくなる。僕僕の食事を摂らなければ、その当たり前以下のことですら、不可能になるのだ。

「苛立ちますね」

抛比は実感を籠めて言った。

「俺は、お前を知っている気がする。いや、正しくは俺ではなく、俺の中にあるものがお前を知っている、と言っているような気がする」

辺火は奇妙な言い方をした。

「王の中にある物、ですか」

「そうだ。それが、お前のあの不思議な力と共鳴しているのかもしれない」

拋比はそこまで聞いて、自分と僕僕が探し求めている『一』の欠片を辺火が肌身離さず身に付けているのでは、と考えるに至った。

「拋比よ、お前は神仙についてどう考える」

食べ進めるうちに、辺火はそんな問いを発した。

「……それは、とてつもなく大きな力を持つ、偉大な存在ではないでしょうか」

仲間たちや炎帝のことを思い出しつつ、答えた。

「ではどこにいるのだ」

「聖なる山、蓬萊をはじめとして天地のあちこちにいらっしゃる……と聞いています」

「何のために？　天候を自在にし、火を操り、風を呼び、大地を揺らし……その全てに神仙がいると術師を名乗る者に聞いたことがある」

なるほど、間違ってはいない、と拋比は感心した。

「それは何のためだ？　神仙はその巨大な力を何に使いたいのだ」

神仙がいることで、天地は育まれていると拠比は思っていた。星神たちが天地の端を押し広げ、炎帝が創り、西王母が殖やし、黄帝が秩序を与える。そうして天地は育っていく。それは全ての始まりである「老君《ろうくん》」の示した道である。

「では、我らは何のためにいるのだ？」

思わぬことを言う、と拠比は驚いた。祈りの力を神仙に捧げるために人と言う存在は生み出されたと聞いている。だがそれを、人である辺火に話してよいものかどうか、判断がつきかねた。

「それは、わからぬよな。我らが我らである限り、わからぬものなのかも知れぬ。だから俺は全ての存在の上に立ちたい。そうすれば、全てが見通せる。誰も苦しまぬ理想の境地に人々を導けるはずだ」

辺火の箸が快調に進むたびに、その表情から険しさが拭われていく。

「腹もくちたな」

ふう、と息をつく。これほどまでに剪吾の作るものに満足しているのなら、何も勝負をしなくても、と拠比は思った。

「いや、戦い、争うことは大切だ」

穏やかな表情で辺火は言った。

「強き者が弱き者たちを束ね、食わせ、そして弱き者たちを強き者へ変える。それは王であっても厨師であっても変わらぬ。お前たち術師の世界ではどうなのだ？　神仙の世界ではどうなのだ？　よもや己のいる位置に安住して争わない、ということはあるまい？」

それをしているのが、黄帝なのだ。拠比は苦々しく思ったが、表情には出さないでいた。黄帝の生み出した、黄帝の似姿をした人を前に話をしているから余計に、このように思うのかもしれない。

「剪吾は俺と共に戦ってきた仲間だ。狩りをしている時は、彼の飯のおかげで皆が獣と戦えた。王になってからは、剪吾は俺の求めと戦ってきたのだ。だが、奴にはさらに大きな戦いが必要だ」

「何故そのように争いを求めるのです？」

「無数の争いに勝って、ようやく人は強くなれる。俺の周囲にある者は常に争って、そして勝ち続けなければならない。お前はさぞ、剪吾の大きな敵となってくれるだろう。俺にはわかる」

「もし剪吾さまが負けたら？」

「敗者の地位は勝者が得る。それは当然のことだ。だが、お前には失うべき地位がない。故に、命を失うことになるだろう」

どこか親しげだった王の口元に、残酷な笑みが浮かんだ。

3

抛比には、辺火が何故、これほどまでに争うことを好むのかがよくわからない。

「そんなこと、自明ではないか」

人の目がないところでは、戎宣《じゅうせん》の首はない。

「争うために、人は作られたのだぞ。黄帝さまは何を思ったのかは知らんが、我らとの間に壁を築いて神仙の往来を禁じてしまった。そして、我らに断りもなく人の祈りの力を集め、力を増そうとしている」

戎宣は厨房の庭の片隅にある厩舎で、ひっそりと暮らしている。

辺火の住む石造りの宮城の周囲には、剪吾をはじめとする側近、大臣たちの邸宅が建ち並び、それを囲むように、兵舎や官吏の宿舎が建ち並んでいる。その街路は複雑に入り組んでいて、外から攻め込む者が惑うように作られていた。

「おい、勝手に休んでるんじゃねえぞ」

白い厨師服姿の百樹が大きな顔を出し、がなった。

「辺火王に料理を持って行ってたんだ」

抛比も言い返す。

「帰ってきたらちゃんと報告しろよ。人が減って、やることはいくらでもあるんだ」

それを見て、戎宣が笑った。

「人に使われているの、似合ってるぞ」

「ば、馬鹿言うな。そんなわけねえだろ。俺たちは人間どもを見張るよう言いつかっているだけだ。さっさと荷馬車を仕立てろ。俺は親方に何を買ってくるか聞いてくる」

食材は商人たちが持ち込んでくることが多いが、足りない分は荷馬車を仕立てて市へ買いに行く。百樹は厩舎の開き戸を乱暴に閉めて出て行った。

「買ってこいと言いつかってきたものを忘れるんだから、狼狽しすぎだよな。本当に神仙かよ」

その時、桃稔《とうねん》が厩舎の窓から顔を出した。槍を持って衛兵の姿をしている。

「欠員が出ていたので、雇ってもらえたわい」

「老人の姿だと力も技も衰えているのでは？」

戎宣が言うと、ふふん、と得意げに笑った。

「五人ほど投げ飛ばして力を見せつけてやったわい」

「さすがは蓬萊の蟠桃《ばんとう》だな」

「わしを食うにはいろいろ足りぬ連中だ。買い物にはわしも行こう」

王宮の買い物には、警護がつく。その役目を桃稔がやってくれるという。

「しかし、王の警護となれば身元も厳しく調べられるだろうに、よく潜り込めたな」

「お前たちと一緒に来た者たちが、村の老人だと役人に言ってくれたんじゃよ」

戎宣たちの話を聞きながら、拠比は荷馬車の準備を進める。厩舎の馬たちは、既に戎宣を群れの主とみなし、その行くところには大人しく従う。

戎宣が幻影の首を作り上げている間に、百樹が戻ってきた。手には木簡を持っており、そこにはびっしりと買うべき品目が並べられている。

「鶏、鸐《やまどり》、兎、狗、羊に各種香草、蔬菜《そさい》……今日はやけに足りないものが多いな。いつも通り市から運び込まれていたんだろう？」

拠比が言うと、百樹は肩をすくめた。

「親方は随分と気合が入っているようだ」

「量もすごいな」

「これから勝負に向けて、いろいろと研究するそうだ」

拠比は戎宣を荷馬車の先頭につなげる。それだけで、馬たちは何も言わずとも目的とする場所へ歩いてくれる。

穏やかな陽光が降り注ぐ中を、荷馬車がぽこぽこと音を立てて街路を行く。周囲が暗くなったのは、太陽が雲に隠れたわけではない。宮城の先端が日差しを遮っているからであった。

ど、ど、と重い足音を立てて兵たちの一団が行進していく。

「随分と整然としたものだな」

抛比が感心して言った。

「少し前まで、ばらばらに歩いてたんだがな」

百樹はちらりと行進の方に顔を向けた。

「ああした術、俺たちの世界にもあるだろう？」

神仙の術には自らが力を発するものだけでなく、何かを使役するものもある。

「役隷《えきれい》の術か」

獣や鳥、虫の中には群れを成して行動するものがいる。弱き個体が、集まることで己より強いものから身を守ったり、時に打ち倒したりする。逆に、群れ集まるものは誰かに操られやすいことから、その習性を使った術を使う神仙もいた。

「四真部の誰かに、その術を得意にしていた奴がいたな」

黄帝の傍を固める図抜けた力を持つ神仙たちは、恐れと敬意をこめて「四真部」と呼ばれている。白仁子《はくじんし》、赤精子《せきせいし》、黄木子《おうぼくし》、青玲子《せいれいし》の四人である。かつては五真部であったらしいが、そのうちの一神は抛比も知らぬほどの昔に黄帝の怒りにふれて封じられたという。黄帝は治める地域を四つに分け、彼らに統治を任せている。

「いたな、そんなやつ」

そして戎宣からその名を聞いた抛比は、うんざりした表情になった。

「白仁子がそんな術を？」

「何のためかと思っていたが……。まさか白仁子がここにいて、術を人に教えているのか」

道行く人々は、馬車が王の厨房のものであるとわかると、慌てて道をあけ、目をそらす。

「びびりやがって」

百樹は鼻で笑った。

「辺火王にあらぬ疑いをかけられたくないのだ」

「荷車を見ただけでか？」

「戦って勝ち、人の住む地を奪ってきたのだからな。恨みを買っているんだよ」

「何だその、恨みっていうのは」

百樹は馬鹿にしたように披比を見た。

「炎帝さまのお傍で泰平な世を長く過ごしてきた高仙さまには、誰かを恨むという気持ちがおわかりにならないと申されるか」

おどけた口調で皮肉を言う。

「恨みとは、何かひどいことをされてやり返すこともできず、ただ怒りと憎しみを心の中で滾《たぎ》らせることだ」

「お前はあるのか？」

拠比は不思議そうに、百樹に訊ねた。

「あるよ」

「神仙なのにか」

そのはずはない。神仙の世界には、もともと楽しさしかない。仙骨によって永遠の命を得て、たゆまぬ修行で力を増していく神仙は、常に喜楽の中にいる。

「それはお前のような、もともと炎帝さまから大きな力を与えられている神仙だけなんだよ」

戎宣はちらりと振り向いたが、何も言わなかった。

4

「神仙といっても、色々なんだぜ。あんたも力を落としてるから、わかりかけてるかも知れねえけど」

百樹は荷馬車の上に大の字に寝転がった。

「空に輝くあの太陽、員《いん》神さまじゃねえんだろ？」

百樹たちもここは神仙の地とは理《ことわり》が異なった場所であることを、理解しているようだ。

「知ってたのか」

拠比が驚かないので、百樹は落胆したようであった。

水の神仙である拠比は、近付くほどに猛烈な光を放つ太陽の神がやや苦手である。それでも、互いの術を学ぶために行き来したことはあるし、つい先だっても言葉を交わしたばかりだ。

「ほら。俺には太陽は太陽にしか見えない。その高みまで昇ることもできなければ、光をまっすぐに見ることもできないんだ」

「それと、恨みという心の動きとどう関わりがあるのだ」

拠比には、百樹の言葉の意味がよくわからなかった。

「弱さは恨みを生み、時に強きに襲いかかるんだよ」

「百樹たちもそうなのか？」

「さあな。恨みってのは、心の中に秘めていざという時に一気に放つものらしいよ。俺も人間どもを見てそういうものだと学んだ」

入り組んだ街路と何重もの検分を越えて、ようやく栄陽の中心部を抜ける。砦のような兵舎の外側には、平たく木の皮や藁で屋根をふいた背の低い小屋が建ち並んでいる。

「俺はこっちの方が好きだな」

百樹がいつものとげとげした口調を引っ込めて言った。

「辺火王は無理してる感じがするんだ」

荷馬車の前を子どもたちが横切り、母親らしき女性が慌てて引きずっていった。そしてご無礼を、と平伏する。

「ああ、気にせずともよい。だが、この面々でない時は、用心しろよ」

明るく声をかけた。母親は感謝をするのも忘れて、呆然と百樹を見上げている。

「こうして許されることが少ないんだ」

「何故？」

「許すと許した方が罰せられるからさ。王の食事の材料を買い込む荷馬車の前を横切った。それは都の民として不心得だし、それを罰しないのは王の威厳を軽んじているということになる」

「面倒なことだな」

「力の上下がもともとない連中の中で上下を作ろうとすると、色々理屈をつけなきゃならんってことだよ」

「黄帝さまが炎帝さまと差をつけようとあくせくされているのも、そういうことか」

「あんたもそういう嫌味を口にするもんだな」

「嫌味じゃなくて思ったままを言ってるだけだ」

「それが時に嫌味に聞こえるってことだよ。ま、これも人がましい心の動きってやつだけどさ。あなた様のような素晴らしい神仙には理解できないことだけどよ」

百樹は自分よりも随分わかっているように見えた。

雑然とした街の、さらに騒がしい一角へと近付いていく。水が騒ぐどころではなかった。濛々《もうもう》と踊り狂っているような気配が伝わってくる。

「あそこが市だよ。都には四つの市があるが、食い物が集まるのはこの北市だ」

肉の焼ける匂いがまず漂ってきた。騒ぎ立っている水の気配は、酔った者たちの気配だ。神仙も酔うが、その時の佇まいは春風の如く穏やかで、このように荒れ狂ったりはしない。

そして市では実際に、激しく摑み合っている男たちがいた。

周囲には見物しようという人垣が何重にも取り巻いている。何人かが拠比たちの馬車と桃稔の姿を見てぎょっとなったが、多くは喧嘩の方が気になるようであった。

「何の騒ぎだい」

百樹は野次馬の一人に訊ねた。

「いえね、外から珍しい食材を持って来た連中がいたんですが、そいつらと市の商人たちの値付けが合わねえって揉め事になって」

「そんなことで揉めていたら商いなどできないだろう」

「そうなんですよ。どうにも田舎者ってのは商いを知らなくていけません」

するど別の男が振り向いた。

「いや、市の連中が相手を田舎者とばかにして安く買い叩こうとした上に、断ったら用心棒たちを出して脅し取ろうとしたのが発端らしい」

いや、そうじゃないと目の前の男たちも口論を始める。

「王が争いを奨励するもんだから、みんな喧嘩っぱやくていけねえ」

桃稔は荷馬車の上に乗って伸びあがって見ていたが、

「おい、こりゃいかんぞ」

と拠比の肩を叩いた。

「双方刃物を出してきた」

百樹は面倒くさそうに桃稔の横から喧嘩の様子を眺める。

「市の役人どもは何をしてるんだ」

多くの人と金が往来する市には、辺火から使わされた役人がいて、日々の平穏を守っているというが、その姿がない。

「お役人たちならとっくに逃げちまったよ！」

互いに胸倉を摑み合ってた二人が百樹に向かって言った。

「お役人も最初は止めようとしていたんだが、奴らの剣幕がすごすぎて止められないと見るや、逃げちまった。どうせ後で罰を下されるって恐れたんだろうよ」

いつの間にか、多くの人が拠比たちの荷馬車を取り囲む形となった。

「あんたら、王さまの厨師と衛兵なんだろ？　この騒ぎ、何とかしてくれよ」

「騒ぎがひどくなったら、市の全てが迷惑をこうむるんだ」

「止めてくれなかったら密告するぞ！」

という脅しめいた言葉まで飛んでくる。

「仕方ねえなあ」

百樹は頭を掻きつつ荷馬車から下りた。その様子を見ていた拠比と桃稔に、

「あんたらも手伝うんだよ」

舌打ちしつつ言った。

「お前一人で何とかならないのか」

「喧嘩している連中、よく見てみろよ」

言われて、喧嘩の中心にいる者たちに注意を向ける。人にしては、やけに強い気配を放っている。

「あれは……」

「俺たちくらいに力を落としている神仙か、妖《あやかし》の類かもしれないな」

拠比は水が伝えてくる気配から、その正体を探ろうとした。

「……わからん」

「使えないなあ、もう」

百樹は馬鹿にしたように口角を下げた。

「正体を探れないということは、少なくとも俺より術力が勝っているということだ。妖の中にそのような変化《へんげ》の達者がいたかな」

「その考え方がもう間違ってるんだ。抛比よ、今のあんたはかつて天地の水を自在に使役した神仙ではないのだ。大方の神仙どころか、妖にすら劣る存在なんだよ」

だが、しばらく水の声に耳を傾けているうちに、人に化けて揉め事を起こしている連中の正体がはっきりしてきた。

「……抱鴞《ほうきよう》と九狐《きゆうこ》だ」

どちらも古い妖の類で、あらゆる獣を喰らう獰猛な連中だ。だが、このように化けるとは聞いたことがない。

「これまでやらなかっただけかもしれん。あまりに術に長《た》けてしまうと、我らの老爺《ろうや》に目を付けられるからな。妖は不滅とはいかぬまでも長い寿命をもっているが、それが一瞬で絶たれることになりかねん」

「壁の間だからこそ、ということか」

抛比は人垣を掻き分けて前に出た。

「双方、止めておけ」

睨み合っていた者たちが一斉に抛比を見る。

「これはこれは」

抱鴞が手を大きく広げ、そして深々と拠比に礼をした。

「辺火王の厨房でお勤めの方とお見受けします。食材のお買い物にいらしたところにお見苦しいところを見せてしまいました」

「値が合わぬなら談判して決めるのが市の掟であろうが」

後からやって来た百樹が一喝する。

「もちろんでございます。市の掟は王のお言葉と等しく重い。ですが、王はこうも仰っています。談判ならぬ時は強き者が常に勝つ、と」

「だったら街の外でやれ」

ごもっともです、と声を発したのは九狐であった。

「我らは辺火王の食への思いを耳にして、狩りの旅へと出かけました。天地の四方を巡り、山海の珍味を集めておりました。寿命を延ばし、美味でもある珍しい果実、植楮《しょくちょ》など、命を賭けて手に入れたものなども多くございます」

それを安く買い叩くとは何事か、という怒りを隠さない。

「もし、辺火王が直々に我らの間を仲裁するというのなら、もちろん私も聞く耳を持たないではない。ですが、力がもの言う辺火王の都において、主従でもない者を従わせたいのであればそれなりの力を見せていただかねば困ります」

九狐が合図をすると、十数人が抛比の周りを取り囲んだ。それぞれが違う武器を持っている。槍や刀だけでなく、こん棒や鞭を宙に舞わせている者もいた。

「こいつら、仲間なんじゃねえか？」

百樹が囁いた。

「俺たちが来た途端にこちらに刃を向けやがる」

「騒ぎを起こすのも、目立つためか」

あらためて周りを取り囲んでいる者たちの気配を確かめる。人の顔をしているが、その目が放つ光は妖気に満ちている。

「油断すんなよ。あんた、いつまでも強いままの気分でいるからな」

「誰に言ってる」

数人が刀槍を舞わせつつ飛びかかって来た。

「桃稔、槍を！」

手を出したそこに、大槍が飛んでくる。見ることもなく槍を摑んだ抛比の手並みに、観衆たちがわっと湧いた。剣と槍が銀光を閃かせて激しくぶつかり合う。抛比の槍術は、神仙の中でも指折りのものだ。だが、敵一人を突き伏せるのもままならない。

一方の相手はただ強い、というわけではない。人の肉体ではついていけない強さと速さで迫りくる。妖とても剣や槍の使い方に通じているわけではないはずなのに、達人のような強さを見せる。

「拠比よ、今のお前は人並みなんだぞ。己を知れよ」

百樹が野次を飛ばす。

「確かにな！」

言い返して、拠比は槍を捨てた。観衆がさらにどよめく。

「おい、正気かよ。己を知れって何も素手でやりあえと言ってるんじゃないぞ」

百樹は野次というより、教練の師のような口ぶりであった。

「己を知れと言ってくれて感謝する。人の姿のままでは戦いづらい。だが、俺の友は常にすぐ近くにいてくれることを忘れていた」

拠比は避けつつ、周囲の水に語りかける。かつては背中に負っていた大剣は、そのままだと術力を一気に奪われるために一時水に返している。

「水よ……」

ふわりと潤いを帯びた風が拠比を包む。

「天地に遍《あまね》く満ちる我が半身よ、その精髄を我に与えよ」

空を摑む手に、氷の冷たさが宿る。だがそれは、拠比にとっては親しき友と手を取り合う喜びに等しい。手の中に剣が現れ、天地の水を吸い込んで、大きく重く、そして鋭くなっていく。

この剣に切れぬものはなく、砕けぬものはない。

だが、両手で構えたところで、拠比は腰が砕けてひっくり返ってしまった。

5

何のためだ、と拠比はしばし考えた。

凶悪な牙と爪がぎらりと光る。人と交わって暮らすには、過剰なほどの力であった。

百樹が頭を抱えているのが見えた。人の姿をしていた妖の本性が、一瞬透けて見えた。

「だから己を知れと言っただろ」

「こいつ、うまそうだぞ」

どこかからそう聞こえた。うまそう？　俺が？　拠比は妖たちの血走った眼が全て自分を向いていることを知る。見物人たちには、妖の声は聴こえないようであった。

彼らの目に宿る異様な光の正体を探ろうとした。

「急げ。子どもたちが待っている。食える人間を攫《さら》うんだ」

頭目の一人が言うと、もう一人が頷いた。それに気付いているのは、拠比だけである。妖たちの群れは、始めから示し合わせてここに来ていた。市に集まる人たちの数はさらに増え、騒然としている。

その時、剣を握っていた手がそっと払われた。強く握っていたはずなのに、力がすっと流される感覚に、拠比は驚いた。

「追加のお使いを頼まれてきてみたら、大騒ぎだね」

と僕僕が呆れた表情で剣を引き抜いた。拠比は驚いて立ち上がる。

「何故抜けるんだ……」

「何故って、軽く刺さってただけだよ」

拠比の剣は水の精髄である。彼の手の中になければ、ただの水に戻ってしまう。だが、僕僕の手に移っても剣は全く崩れることなくそこにある。

その様を見て、妖たちがたじろいだ。

「拠比、お腹空いてる？」

唐突にそんなことを聞いた。拠比は首を横に振る。

「そうだよね。さっき王と食べたんだよね」

僕僕が摑んだ拠比の剣は、すう、と縮んで水へと戻っていく。それを見た妖たちは気を取り直したように、再び包囲を縮めてきた。

「おい、どうやって戦うつもりだ」

聞いているのかいないのか、僕僕は取り囲んでいる者たちの顔を見回した。

「わかった。キミたちからあの気配は出ていたんだ。お腹が空いてるんだろう？　ボクが食べさせてあげるよ」

虚を衝かれたように妖たちが動きを止めた。

「お前が先に餌となるのか」

抱鴞が殺気を漲らせつつ言った。

「どうして人を食べるの？」

「人が鳥を、羊を食うように、我ら妖も人を食うだけだ。人は他の獣や妖に比べると弱く、数が多い。このように一つの場所に固まって住むから、捕まえるにも便利だし肉も多い」

「その代わりとなるものがあったら？」

「それは……」

妖たちが顔を見合わせる。だが、九狐が強い警戒の声を発した。

「騙されてはならん。こやつは言葉巧みに我らの心を操ろうとしている」

「それはキミが得意としている術だからだろう？　九尾の狐は変化と詐術の天才だ。でも、それが神仙に通じると思っているのかい？」

妖たちは、ぎょっとなって顔を見合わせた。

「こ、ここには神仙などいないはずだ」

「さっきの拠比の術を見なかったの？」

「人でも術を操る者がいるぞ。我らも一時は好きに人を食っていたのだが、ある時から術で反撃してくる者が出て来て難渋した」

 拠比は、僕僕が妖たちの殺気を徐々に解きほぐしていることに、驚いていた。だが、話が聞こえない野次馬たちは、喧嘩が一向に再開されないことに苛立っていた。

「もう終わり！」

 僕僕が皆に告げる。

「終わりとはなんだよ。王の厨師だったら何をしてもいいってわけじゃねえぞ」

 罵声が僕僕へとぶつけられるが、涼しい顔である。

「これから宴を開くんだ」

 拠比もさすがに、僕僕が何を言っているのかわからなくなった。

「お前は何を……」

「さあ、拠比も手伝って」

 呆気にとられているのは妖たちも、周囲で事の成り行きを見守っていた野次馬も同じであった。ただ、我に返った者から店を再び開き、呼び込みの声を上げ始める。その声が人々を正気に戻らせていく。

 僕僕の周囲には抱鴞と九狐、その仲間たちが刀を収めて集まっている。僕僕は彼らに肉を買ってこい、鍋を求めてこいと手早く指示を下している。

「拠比もぼんやりしてないで手伝って」

「手伝うって何を」

僕僕は腰に手を当てて首を傾げた。

「ボクの話を聞いてなかったの？　これから宴をするんだよ」

拠比は隣にやってきた百樹に向かい、肩をすくめた。

6

僕僕が拠比と百樹に命じたのは、大量の挽き肉を作ることであった。肉塊が山と積まれ、大木から切り出したまな板と分厚い肉切り包丁が用意される。

先ほどまで拠比を食おうとしていた妖の一味が、僕僕の指示に嬉々として従っているのが不思議であった。

「豚は全て使うんだ。赤肉も脂《あぶら》も、内臓も骨の髄も」

だが、百樹は僕僕の言葉を聞くと、手を止めた。

「臭みが出るぞ」

獣の肉にはそれぞれ匂いがある。臭みといってもいい。その臭みを除くには香草や酒、酢などを用いることが多い。

「そのままでいいのか？」

百樹が何度も念を押していた。

「いいから続けて」

「そうまで言うならやるけどよ」

僕僕に言われるまま、百樹と挒比は並んで包丁を振るった。挒比も料理となるとどうにもならないが、包丁を操るだけならと、肉と臓物と髄と血液の混じった、巨大な挽き肉の山が次々と出来上がった。

挒比と百樹が肉を切っている横で、数人の妖が器用な手つきで黒い芋の皮を剝き、白い実をあらわにする。少しぬめりのある芋の実が手から滑り、その様子がおかしいのかけらけらと笑い合っていた。

喧嘩の見物人たちは、妖が自分たちを食おうとしていたことなど知りもせず、彼らと共に野菜を洗い、皮を剝いている。

僕僕の音頭の下、大きな竈《かまど》が組み上げられ、その上に鍋が据え付けられる。鍋に水が張られ、まず大量の白い芋が鍋の中に落とし込まれた。

「芋斗《がんとう》の煮物か」

百樹は舌舐めずりをした。

「美味いのか」

「そりゃあな。ねっとりとして芳醇、甘みがあってその舌触りはなめらかで口の中で溶けるというぞ」

聞いていると、舌のあたりがじんわりと痺れてくるような気がしてきた。実際料理もできていないのに、唾が湧いてきている。何より、まっとうな食材でここまでそそられるのは初めてであった。

「拠比、百樹」

芋と葱がどんどんと投げ込まれている鍋を梯子の上から眺めていた僕僕が、肉を拳くらいの大きさにして鍋に入れるように言った。

「味も何もつけてないぞ。これでは肉の味が強すぎるのではないか」

「拠比、まるで厨師みたいなもの言いだね」

「そりゃそうだ。これでも剪吾の手伝いをしばらく続けて、人がどのような味付けや食材を好むか、見ているんだぞ」

「大丈夫。できたよ」

大きな柄杓《ひしやく》で鍋の中をゆっくりとかき混ぜていた僕僕が言うと、人からも妖からも歓声があがった。町のあちこちから箸や食戟《しよくげき》と碗を持った人々が現れ、列をなして僕僕からよそってもらっている。

「ほら、キミたちもぼんやりしないで」

抱鴞たちはうまそうに煮込みを掻きこんでいる。

強く鼻を刺激する香りに、拠比は惹きつけられていた。鍋の表面で泡立つ汁の色は時と共に移ろっていく。脂の照りを表面にまとわせ、煮崩れた芋が液面にとろみをつける。

僕僕が作ったものにはあまり惹かれたことがないが、今回の煮込みは蚯《みみず》の串焼きの黒焦げになったものなみに魅力を感じていた。

僕僕から促されて人々の碗に盛ってやっている間も、拠比は鍋から立ち上る芳香に惹きつけられていた。

「ぼやぼやしてんじゃねえぞ」

百樹は額に汗を浮かべながら忙しく手を動かしていた。拠比があまりにゆったり仕事をしているものだから、腹を空かせた群衆の多くは百樹の周囲に群がっていた。

拠比は柄杓に口をつけ、一口する。

何の辛みなのか、舌が一瞬ぴりりと震えたような気がした。次に、ねっとりとした湯《スープ》が口の中を満たし、喉元を過ぎていく。挽き肉を丸めたものの歯ごたえは、軟骨や髄なども混じって、ざらざらとして違和感がある。だが、それがたまらない。煮込んだ肉に髄の旨みと軟骨の歯触りが入り混じり、口の中で荒々しく、それでいて心地よい感覚を押し広げていく。

「まっず！」

横でくわっと口を開いて百樹が肉を吐き出している。市のあちこちで食べている者たちの中には、拠比のように貪っている者もいれば、百樹のように吐き出している者もいる。

「お前、よく食えるな」

口元を拭い、百樹は閉口した表情で空になった拋比の碗を見た。

「俺のも食うか？」

「いいのか、もらうぞ」

空になった碗を取り上げ、自分のを拋比に手渡す。がつがつと平らげる拋比を見て、

「案外といい食いっぷりをするんだな。もっと澄まして食うと思ってた」

百樹は感心したような表情を浮かべた。

「それにしても、喜んで食ってるやつとそうでないやつらの差が激し過ぎるな」

「僕僕が言うには、味ってのは感じ方に差があるそうだ。その人の育った場所、暮らしの良し悪し、そしてその人の好みで大きく変わる。でも、ここまで極端に変な味が好みとは。あんた、仙骨のどこかが狂ってるのかもしれねえな」

市に集まる多くの人が困惑し、妖が化けた者たちだけが喜んで貪っていた。僕僕は抱鴞たちに歩み寄って、

「こういうの、また作ってあげるからさ。人を食うのはやめてあげてよ」

妖の頭目は、僕僕を警戒したように見ていた。

「人を食うような満足と快楽を与えてくれたのはわかった。しかし何故だ？　何故我ら

の求めるものがわかった。獣は食ってもよく、人は食ってはならないというのは何故だ」

「キミたちが死ぬからさ」

僕僕の言葉に、抱鴞と九狐は顔を見合わせて笑った。

「人の肉には毒でも含まれているのか」

「毒は一人を傷つけるだけだけど、人はいずれキミたちを滅ぼすよ」

「はは」

抱鴞はついに声を上げて笑いだした。

「神仙でもあるまいし。この非力な肉の塊のような奴らが俺たちを滅ぼすだって？」

「彼らには神仙のような術力もない。妖を超えるような力だって、何一つ持っていない。でも彼らは、常に変わっていく」

「肉の味もかよ？」

誰かが茶々を入れると、皆が一斉に笑った。

「肉の味ですら変えていくよ。キミたちに食べられないように」

抱鴞たちは気味悪そうにふっと黙った。

「先ほどの氷の剣を出した者、神仙に似た力を使っていた。我らが見知っている神仙に比べると著しく力が劣るが、あれは我らには出せない力だ」

僕僕はしばらく間をおいて、こくりと頷いた。

「神仙は天地に遍くいなければならないからね。黄帝さまが壁を築かれたとしても、そこに生じた混乱を放っておくわけにはいかないんだ」

そうか、と妖の頭目は残念そうに呟いた。

「我らは神仙よりははるかに劣る存在だ。何をするにも、その顔色をうかがって生きてきた。ほしいままに腹を満たすこともせず、ひっそりと暮らす生活ともおさらばできると思っていたのだがな」

それには僕僕が意外そうな表情を浮かべた。

「そんな不自由に生きてたの？　妖ってもっと気楽に暮らしていると思っていたよ」

抱鴞は仲間たちを集めた。

「これは神仙さまのありがたいご命令として聞いておくよ。これからしばらくの間は、おおっぴらに人を食うのは止めておこう。癖になる味だったし、他にやりようがあるってことも示してもらえたからな」

妖たちが正体を現すと、人々が悲鳴を上げる。

「我らに食われたくないならば、この姿を見たら近づかぬことだ。餌でしかない非力な人間どもが我らを脅かすとは信じられぬが、そう神仙から告げられたことには意味があるのだろう。我らもお前たちに近付かぬこととしよう」

だが、抱鴞の言葉を最後まで聞かぬうちに、市から人はいなくなっていた。抛比は何とも言えない気分の悪さを抱えて僕僕に近づく。

「さっきの煮込み、どういうものなんだ」

僕僕は抛比を見上げ、それには答えず、どう感じたか訊ねてきた。

「……美味かった」

正直に答えると、僕僕はちょっと天を仰いだ。

「炎帝さまの術の影響かも知れないけど、抛比の味覚は大方の人とちょっと変わっているみたいだ。美味いだろうと作るとそうは感じられず、今みたいに人が嫌悪するような味にすると美味しく感じてしまう」

「人の肉の味に近付けたというのは本当か」

「色々学ぶうちに、飢饉の時に人々がどう振る舞ったかを聞いたんだ。その中で、ね……」

僕僕も決まりが悪そうである。

「気にしなければいいのだろうけれど、人を食いたいわけではない。そういうのは食わせないでくれ」

「わかった。抛比に力を出してもらうには、別の方法でいくしかないね……」

そう言って鍋を片付け始めた僕僕に、一人の少年が近付いていった。

「剪吾さんの息子の雪俎《せっそ》だね」

こくりと頷く。批比はその横顔を見ながら、剪吾とあまり似ていないな、と感じていた。人の親子は似た形をとることが多いが、彼はそうでもなさそうである。雪俎は熱心に、先ほどの煮込みのことを訊ね、僕僕もこだわることなく答えていた。

だがそのうち、僕僕は何かに気付き、その肩を抱くようにして囁いている。

「焼きもちか？」

百樹が目尻を下げて批比に言う。

「焼きもち？　ああ、妬ましいという気持ちか。全くないよ」

「つまんねえの」

百樹は巨体を揺らして去っていく。僕僕の方を見ると、雪俎がかいがいしくその手伝いをしていた。

7

人がいなくなった市の片隅で、一人の狩人が煮込みの入った碗をじっと見下ろしていた。いつから彼がそこにいたのか、屋台の酒屋も気付かなかった。

「大騒ぎだったねえ」

客への礼儀として、主人は男に声をかけた。栄陽からしばらくいくと、蓬萊から延々と続く山並みの一つが広大な草原と森を従えて広がっている。そこに暮らす獣の肉は、牛や羊だけに飽き足らない人々に珍重されて高い値が付く。

「あんたの舌には合わなかったかい？」

狩人がゆっくりと顔を上げ、主人は思わず悲鳴を上げそうになった。何も恐ろしい形相をしているわけでもなく、殺気に満ちているわけでもない。ただ、妙な迫力がある。彼は狩人の碗の中を確かめて、安堵のため息を漏らした。

煮込みの中身はほとんど残っている。先ほどの煮込みをそのまま食えたのは妖で、そうでないのは人であった。

「人食いの妖ってわけじゃなさそうだ」

酒の甕《かめ》を男の前に置くと、銀の棒が数本、無造作に投げ出された。

これは上客だ、と主人は内心ほくそ笑んだ。よほど腕の立つ狩人に違いない。目の前に投げ出された銀は、店中の酒と肴《さかな》を捧げても余るほどだ。

「素晴らしいお客様を妖呼ばわりなんて、とんでもねえ失礼をしでかしたもんで」

男は市の中心で鍋を片づけている者たちを眺めていた。

「さすがは辺火王の厨師でいらっしゃる。市の真ん中で喧嘩をしている連中の間に割って入ったばかりかその正体まで暴き、煮込み料理を作って大人しくさせるなんて、ただ者じゃありません」

「そうだな……」

狩人が初めて口を開いた。主人は再びぞくりと背筋に寒気が走る。

「あの、お客さんはこの都に来るのは初めてで？」

「いや、よく知っている」

答えつつも、視線は市の中心を見たままだった。

「邪魔したな」

狩人は立ち上がり、ゆったりとした足取りで去っていった。肩が下がり、首が太い。手足も太く、それでいて柔らかな動きである。

「虎みたいなお人だな……」

そう独りごちて、酒屋の主人は身震いした。妖に虎に、騒々しい一日であった。

その虎と評された男は、市を出て街路の端を歩いていた。都には四方から集まった商人や役人、兵士たちと彼らを目当てにやってくる大道芸人の類まで合わせると、雑多な人間が歩いている。

虎の腰巻をした大柄な狩人であっても、それほど目を引くことはない。

男は辺火であった。

「あれが、人の味……」

これまでも、剪吾の作るもので不満を抱いたことはほとんど無かった。厨房を、王の舌と腹を任される身となって、剪吾は常に精進を続けていた。

辺火は人を飢えさせない。そのために、常に最高の食を口にしていなければならなかった。辺火の中にある〃それ〃が満足しなければ、彼は血に飢えた獣となる。だから、剪吾が作るもので満足できない時は、市に出て普段口にしないものを味わうことにしている。

市で人々が食べるのは、実に粗末で、粗野なものだ。酒は泥の臭みがあるし、肉は腐って小便のような悪臭すらする。だがそういうものを摂ることで、剪吾のありがたみを己と〃それ〃に言い聞かせている。

しかし、妖たちが人を食わないようにするため僕僕たちが用意した煮込みを一くち口にした際の昂ぶりは、いつもの感覚とは異なっていた。

辺火は城の奥深くへと歩んでいく。人影が少なくなった辺りで狩人の衣をするりと脱ぎ捨てる。その下には、王の平服が隠れていた。

「王よ、あまり一人で出歩くのは感心しませんぜ」

どこからともなく現れた兵士とも猟師ともつかない、奇妙な姿をした男は、そう王をたしなめて衣を拾い集めた。

「お前の仕事は俺に意見することではない」

「そうですな」

「剪吾のところへ行く。忙しいだろうが、そのように伝えてくれ」

「明日が勝負の日ですが、いいんですか」

「意見をするな」

肩をすくめた望森はくるりととんぼを切るとそのまま姿を消した。

「あれも神仙の類なのだな……」

誰もが恐れ敬う存在を、顎で使えるのだ。

奥へ進むほど、彼につき従う人の数は増える。誰もが彼の近くで何かを早口で話している。もちろん、遠慮がちに、へりくだりつつではあるが、声が王の耳に届くように、求めるところが叶うように、声は大きく押しつけがましくなってくる。

「ええい、下がれ！」

衛兵たちが素早く王を取り囲むように守る。隊長は必死の形相である。部下の中に、王の命を狙う者が出たにもかかわらず、許されたのである。二度目の失敗はありえない。

ふと、辺火が足を止めた。他の者たちも一斉に足を止め、口をつぐむ。

「俺は腹が減った」

そう言うと、人々は恐怖をあらわして一斉に拝跪し、王の前から姿を消す。衛兵たちも一歩離れて王を守るように立ち、王が再び歩を進めるのを待っていた。

隊長の影が不意に歪む。そこから望森が立ち上がった。

「厨房へ行ってまいりました」

辺火に復命する神仙を、隊長は苦々しげに横目で見ていた。

「ここから先はついて来なくてよい」

衛兵に命じると、隊長は抗う素振りを見せた。

「仕事に熱心なことは良いが、俺が来なくてよいと言っている」

王の言葉に、隊長はくちびるを噛みしめた。

「万が一、王の身に何かあれば、私は生きていくことができません。王は――」

隊長は膝をついた。

「人々を飢えから救いました。王なしには人は満腹も豊かさも感じることができなかった。私は故郷で鳥を追い、木の実を拾い、家族や村の者たちを食わせてきた。誰もがいつも腹を空かせ、病んでいました。あのような暮らしには戻りたくないのです」

王の視線をまっすぐに受け止めて怯まない。

「王が余計な差し出口を嫌うことは承知しております。ですが、危うきに身を置いて変事が起これば、万人の命に関わるのです」

「なるほどな。覚悟はできているか」

辺火は剣を抜き、その首筋に当てる。

隊長は騒ぐ兵たちを一喝し、下がらせる。端坐し、瞑目した後に兜《かぶと》を脱いで傍らに置いた。

「王が命じれば死を受け入れるのか」

「それが我が生です。我が愛する者たちが飢えから解き放たれた時から、私はこの命をあなたに捧げると決めてきた」

辺火は黙って剣を構える。そして首を斬り飛ばす勢いで刀を振り下ろすと、首筋の前でぴたりと止めた。

「では、お前の命の使い方を決めてやろう」

驚いて目を見開いた隊長に、

「俺の身に万が一のことがあれば、お前がその心をもって、人々を飢えから守れ」

そう命じた。

「し、しかし私には特別な力は何も……」

「俺にもなかった。必死に願えば、とんでもない力が助けてくれることもある。ただし、それをお前が使いこなせるとは限らないがな」

辺火は衛兵たちを残し、厨房の門をくぐった。

「王よ、あんなことを言って良かったのですか」

望森がすぐ後ろを歩いている。

「何を言おうと俺の勝手だ。それよりもお前、何故俺を殺そうという気を出している」

振り返らないまま、辺火は言った。

「やはりお気づきですか。俺もすっかりだめですねえ」

数歩離れる気配がした。

「いえね、王があんなことを仰るものですから。本当に死んでしまったらどうなるのかなって考えたんですよ」

「軽薄なふりをするのはよせ」

「神仙は生死のことがよくわからないんですよ。仙骨を得て不老不死になれば、死ぬことはない」

「ほ」

「それは正しくないだろう。天地が滅びれば、お前たち神仙も滅びる」

厨房の煙突からは、白い煙が上がっていた。竈に火が燃え盛っている証である。

望森は驚いた顔をした。

「この天地が、ですか」

「他に何がある。誰かが生んで、神仙が育てたのだろう？　始まりがあれば終わりがあるのは当然のことだ」

望森は長い首を反らせて笑った。

「天地はそうそう滅びないものですぜ。俺たち神仙は不死なんです」

「そうして生きている者ほど、呆気なく死ぬものだ。ともかく、俺は後継ぎを決めていない。あの隊長は民を思う心もあれば、下の連中に慕われる度量もある。任せてみるのも面白かろう」

「それでは大臣たちが納得しますまい」

「そういう奴らは俺が始末しておく。それから、あの市で妖たちを抑え込んだ娘、それに氷の剣を出した青年、彼らも神仙なのだな?」

「間違いありません」

辺火が厨房に姿を現すと、筒袖の白い衣の厨師たちが一斉に動きを止めた。一人鍋の方を向いたままなのが、この場の主であった。

「仕事を続けよ。そのまま聞け」

王の言葉に、厨師たちはまた働きだす。その中に、先ほど市で煮込みを振る舞った僕僕という少女と、剪吾に勝負を挑むことになっている拋比の姿もある。

竈や鍋、包丁が奏でる騒がしい音の中でも、辺火の声は朗々と響いた。

「いよいよ、勝負は明日に迫った」

僕僕と拋比も王を見ている。ただ、剪吾だけは王を見ない。鍋の中に心を傾けている。

「俺を驚かせ、満足させ、さらなる政に邁進させるような一品を作る厨師こそ、俺に必要な者だ。そうでないものは、必要ない」

剪吾は最後まで振り向かない。僕僕と拠比が顔を見合わせ、頷き合うのが見えた。

8

勝負を前にしていても日々の仕事はある。剪吾はいつも通り、考えに考えた食事を王に供した。草魚《そうぎょ》を蒸して胡麻から絞った油と清水で育てた葱で香りをつけたものだ。

「これを勝負で出せばよかった」

いつも通り無言で食べ終わった後、辺火はそんなことを言った。

「白き魚の美味を教えてくれた時のことを思い出す」

いつも通り、素晴らしい食べっぷりで平らげた。辺火の機嫌は表情に現れるのではない。辺火と剪吾は普段表だって言葉を交わすわけでもない。食事の時に往復するいくつかの言葉と、料理を出し、口にする間柄の中で互いを見ている。

「これを出したところで、俺は勝てない」

「何故そう思う」

「あなたが満足しないからだ。新しくも刺激のあるものでもない」

珍しく多弁になった王と剪吾を、宮女たちは驚きの表情で見つめていた。

「もっと、とんでもない刺激と新しさを求めている。あなたのその舌と腹は……饕餮《とうてつ》だ」

「はは」

辺火は珍しい表情を浮かべた。

「お前からそんな怪物の名前が出るとはな。全てを喰らい尽くす太古の怪物だろう？俺の舌は怪物の舌か。満足させられるかな？」

「それは、明日の勝負の場で確かめて欲しい」

「言うまでもない」

辺火は満足げに口を拭った。

「楽しみにしている」

立ち上がった王の後に臣下たちが従って去っていく。王の食卓は贅沢なものだ。軽い物から徐々に重くなり、そしてまた軽くなっていく。そのうちの主菜となる一皿には、特別な工夫が必要とされていた。ここでの使い回しは許されない。

一皿ごとの満足と、食を通じての満足が、政の行方を定めていた。王の気分の上下が、そのまま政の良し悪しに関わるのだから、その責任は極めて重い。だから、余人に任せることはできない。

下働きの者たちが皿を洗い、厨房を片付ける様子を、剪吾は腕を組んで見ていた。厨房の頭領の視線は鋭く、多くの者が怯えを隠しつつ働いている。その中に二人、悠々と仕事をこなしている者たちがいた。

「おい、そこの二人」

剪吾が名を呼ぶと、拠比と僕僕は手を止める。

「こっちに来い」

百樹たちが聞き耳を立てているのがわかったが、剪吾は気にしなかった。

「明日の勝負、既に準備は整っているか」

「備えはしてあります」

拠比が用心深く答えた。

「心配するな。邪魔をしようというわけではない。手の内を教えろというのでもない」

「では、何でしょうか」

「俺は勝つためなら何でもする」

「もしそうなら、戦う相手とこのように言葉を交わす必要はないはずです」

「手厳しいな」

「万全の備えができているからこそ、最後の仕上げに、こうして俺の手の内を探ろうとしているのではありませんか」

なるほど、この男はただの厨師ではない、と剪吾は警戒した。厨房の少女が言っていたように、神仙にふさわしい底知れぬ気配を感じる。

では、と拠比は目礼して仕事に戻る。やがて、厨師たちが片付けを終えて剪吾に一礼し、厨房を去っていく。仕事に不足があれば、剪吾が見抜いてやり直しをさせる。だがこの日は、誰ひとりとして怠りを見せることはなかった。

明日の勝負のせいか、人がいなくなっても、異様な緊張が厨房にみなぎっていた。最後に残っていた厨師は、雪俎であった。剪吾の息子である彼は、今回の勝負に加わろうとしたが、剪吾が拒んだ。

「何か言いたいことがあるか」

自分の仕事に専念しているようでいて、その実こちらを気にしている。

「いえ」

「だったら目の前のことに集中しろ。一つ作業をしながら別のことを考えてよいのは、十分な腕がある厨師だけだ」

「わかっております」

雪俎は手を止めて、剪吾を見つめた。

「明日の勝負、どんな小さなことでも構いません。僕にも手伝わせて下さい」

「お前に手伝えることはない」

「何故ですか。僕はこれまで、一日たりとも修行を怠ったことはなかった。あなたが命じたように、四方に旅して多くの食材や香菜の味を知りました。帰って来てからも、あなたの右腕として存分に働いてきたはずです」

　剪吾はその思い上がりを一蹴した。

「もう一度言う。お前は厨師に向いていない。己の功を焦るばかりで、作ることにのみ満足を覚えている」

「料理とはそのようなものではないのですか」

「そういうものと思っているから、お前に任せることはできないのだ」

　雪俎は口惜しそうにくちびるを噛み、厨房から出ていく。その時、彼の立っていたあたりから、一つの影が浮かび上がった。

9

「息子に冷たいね。いや義理の子、と言った方が正確かな」

　剪吾は答えず、ただじっと厨房全体を見ていた。

「神仙は何でもお見通し、というところか」

「人は交わって子を産む。あの若者の魂魄《こんぱく》に君の痕跡はない」

「王は全ての血縁を絶ち、国に尽くしている。雪俎はいまや私の子だ」

　と鼻を一つ鳴らしただけだった。

「明日の備えは揃ったの？」

「無論だ」

四方から最上と思える物を自ら吟味し、民の労苦など考えず鮮度を保ったままかき集め、包丁も無双の名刀を鍛える鍛冶にそろえさせた。水も蓬萊から連なるとされる、霊水を運ばせてある。

「勝てる？」

「そのつもりで備えをしている」

「本当に？」

少女は執拗だった。

「本当に王の舌と腹を満足させることができる？」

「出来なければ敗れるまでだ。もしあの拠比という男が辺火を満足させられるなら、彼が厨師の主になるべきだし、それが政にとっても良い」

ふうん、と少女は近づいてきて、剪吾の頬に手を添えた。

「あなたもそろそろ、素直に生きてみたら？」

剪吾はゆっくりと、その手を払いのけた。

「どうすれば勝てるか、わかっているのでしょう？　これまでに前例のない刺激、生死の境にあってすら、越えられない一線を踏み越えなければ、神仙の料理には勝てない。どうすればいいかわかる？」

剪吾はゆっくりと首を振った。

「嘘だね。あらゆる食材に勝るものを、あなたは知っている。それは、禁忌……」

少女の指先はざらりとしていた。それはすべらかな肌というよりは、鰐《わに》や鮫《さめ》のような、肉食の水棲獣の舌の感覚に似ていた。

「禁忌は、食材ではない」

「そうかな？　人がものを食べる時には、心の動きが伴う。喜怒哀楽、期待や喜びも味を変える。食を人に供するということは、その心に触れ、時に動かすこと……そしてもっとも心を動かすのが、禁忌」

少女はふわりと袖を舞わせた。剪吾は表情も変えずその白い袖の辺りを見ているが、心中は穏やかではない。

「人に五感があるように、舌に五味がある。その順逆によって、人の感じる味の幅や大きさが異なっていくんだ。それはさながら、舌の上を地、口の中を天とした旅路に似ている」

剪吾の作る料理は、辺火の版図が広がり、従う人々が増えていくにつれて変化していった。

最初は皿もなかった。それが一皿になり、二皿、三皿となり、料理を盛る皿ですらも多様になっていた。

明日、辺火に出そうと考えていたのは、その変化の究極だ。

「実にまっとうだけど、それは拠比という男がしていること」

「どうして知っている？」

「神仙だからね」

少女は勝手に食材の保冷庫などを開けて中を確かめつつ、首を振った。

「剪吾、あなたはそろそろ、己を制している箍《たが》を外さなければならない。これは人が、人というちっぽけな存在から抜け出せるかどうかの瀬戸際なんだ」

「お前は、何故、俺の心を無用に騒がせる？」

僕僕や拠比がここに来てから、彼女の様子は明らかに変わっている。

「あなたを助けるために、私はここにいる。これまで王が飽きることなく、あなたの食事を摂り続けてきたことには意味がある」

「誰にとって？」

「天地にとって」

少女は上下を指した。

「そしてこの勝負は、これからの未来を決める大切な戦いでもあるのだ」

「それがお前たちのような、神仙にも関わりがあるのか」

「もちろん」

微かな笑みを含んだまま、姿を消す。頬のあたりのざらりとした感覚だけはいつまでも消えない。その感覚が、剪吾の魂の深い場所を波打たせていた。

心が乱れている時は、道具を吟味する。明日は、調理の様子も全て王に披露しながらの勝負になる。小さな匙一つに至るまで、選りすぐった物を使わなければならない。

骨付きの肉の塊を捌く巨大な牛刀から、小魚を繊細に仕込む時の短い刃物まで、その数は十数本、どれも丹精込めて研ぎ上げてある。

「これも辺火王のお恵み、か……」

石を矢とし、鹿の骨と腱《けん》を弓としていたのは、十数年ほど前のことである。あの狩りの旅から、辺火は変わった。彼の教えにより、石の鏃《やじり》は青銅となり、鉄となり、鋼となった。刀は鋭利になり、強力な炎を生み出す炭や油の作り方も、彼のおかげで伝えられた。

どこでそんな技を知ったのだ？　その問いは禁句であった。人々はその授けられる所を身に付け、広げればよかった。剪吾の料理を口にして機嫌がよければ、従う者たちに無限の恵みを与えてくれる王であった。

ただ、その魂の奥底には狂気が渦巻いていた。

常に新しいものを口にしていなければ、その狂気は暴れ出して多くの血を流す。この料理勝負も、言うなれば王の心を揺り動かして、新たな喜びを迎えるためでもあった。

「そのための禁忌……」

十数本ある中の、ちょうど真ん中あたりの厨師刀を手にとる。骨から離した肉の形を整えるものだ。ずしりと重いが、剪吾の手の中にぴたりと収まって、その重みはやがて自然なものとして消えていく。

その刃を見つめて、剪吾は動かなくなった。

10

日が翳り、やがて厨房は暗くなっていく。日が落ちた後で、辺火が食事を求めることはない。従って、厨師の仕事は遅くとも日暮れまで、ということになっていた。

辺りが暗くなる。遠くで一度、鳥が鳴く声が聞こえたのみで、あとは何の音もしない。宮城の王のいるあたりからも少し遠い厨房の建物は、無人となっていた。

刀を提げ、剪吾はゆっくりと立ち上がる。

王宮の周囲に比べて、警護は随分と少ない。灯りが漏れて生気を感じるのは、四方から集められた者たちが暮らす寮館の辺りくらいだ。

栄陽の都は、隅々まで知り尽くしている。何せ、辺火と剪吾が話し合い、元々の形を決めたのだ。話し合ったとはいっても、辺火の案に剪吾は頷いていただけだ。山野を駆けまわることに長けてはいても、街づくりなどできるわけもない。

同じように暮らしていた辺火が、街の形を考え、人を割り振って作り上げていくさま

を、驚きをもって見ていたものだ。その時に、

「遊びを作ろう」

と珍しく楽しげな顔をして辺火が言ったものだ。

「遊びとは？」

「俺たちは広いところで暮らしていたからな。外の世界への抜け道を作っておきたいのだ」

その抜け道を作るのは、剪吾に任された。宮城から街へ出るまであちこちの屋敷の中を通ったり、壁に扉を作ったりして、王だけの抜け道を作ったのである。辺火は時に変装し、その道を使って街へと出かけている。

その抜け道のいくばくかは、剪吾の屋敷を通っている。広大な彼の屋敷にしつらえられた抜け道は、臣下や兵たちに見られず王宮を離れるには適していた。

剪吾は狩人の時代を思い出し、足音を殺し、気配を消しつつ屋敷へと戻る。料理用とは言え、大きな刀を持って歩いているところを人に見られるわけにはいかない。

これから狩るのは、あくまでも食材なのだ。

こうしないと、政が滞る。そうしなければ、多くの人々が死ぬ。辺火の舌と腹が満たされなければ、その荒ぶる魂は政ではなく、無用な殺生へと向かってしまう。

屋敷は、王宮を模して作ってある。それも剪吾に許された特権であった。王の心に寄

り添うためには、王に近い暮らしをしなければならぬ、という辺火の命だ。造りは似ているが、異なる部分もある。

王が政を行う政庁が、厨房になっていることと、王が休む後宮に当たる部分に女たちはおらず、剪吾と雪俎が休む部屋が設えられているのみであることであった。

息子の部屋の前に、剪吾は立つ。

「まだ起きているのか……」

扉がわずかに開いているので、そっと中を覗いてみる。寝室ではあるが、小さな厨房もあって、厨師として研鑽《けんさん》ができるようになっていた。その前に座り、何事か考え込んでいるようである。

卓の上には絹書らしきものもあって、読み耽っているようでもある。その背中を見て、ふと我に返りそうになった。俺は、この刀で何をしようとしているのだ?

そんな問いが浮かびかけた。

「迷うな」

目の前に少女の姿が浮かぶ。白い袖がゆったりと揺れ、その向こうに息子の後ろ姿も揺れている。少女の目はいつもの青みがかった瞳ではなく、禍々しい紅に染まっている。その光に誘われるように、剪吾は部屋に足を踏み入れた。

体を前に進めようとする力と、止める力が激しくせめぎ合っている。獣のような唸り

声がくちびるから漏れ出た。目の前には、餌食となるべき肉の塊がある。それを喰らいさえすればいい。なのに、

「気付け！」

と思わず叫んでいた。叫んでいながら、刀を持つ腕が大きくあがる。きん、と耳の中で高い音が鳴って消える。鼻の中に満ちる鉄の匂いが大きくなって、これも消えていく。

11

夜明け前に、抛比は目覚めた。

寮館の中は暗く、暢気な鼾《いびき》が響いている。神仙として十全の力があった時と大きく違うのは、食わないと体が動かないし、眠れないと心が萎えていくのである。

「ままならんな」

そっと寮の外に出て、空を見上げた。丸い月亮《つき》が一分の欠けも見せぬまま沈みかけている。

月には古き神仙の一群がいる。天地を生んで広げる際に、夜の大地を見守るために三聖が派《つかわ》したものだ。だが、これまで天地はおおむね平穏で、月宮の神仙たちは歌舞にいそしんでいるという噂だ。

闇の中に浮かぶうるさいほどの光の中で、終わることのない宴が続いているのだ。抛

比もかなり昔に、月宮の宴に招いてもらったことがある。

「月の宴のことを考えているの?」

気付くと、僕僕が隣に立っていた。

「ああ、あれは華やかなものだった」

「今日の勝負、勝つよ」

「その自信、どこから来るんだ?」

「そんなのわからないよ。ここに来て、剪吾の厨房に入って、拠比と一緒に働いてみての実感かな」

にこりと僕僕は笑った。

「そんな曖昧なことで勝つと言い切れるんだな」

「勝負だから、勝つことしか考えないんだよ」

そういうものか、と拠比はため息をついた。

「人は面白いね」

「確かに。勝ち負けを重視するなんて神仙にはなかったことだ。しかしこの勝負、今の俺達では勝てるかもしれない、という程度だよな」

「違うよ。勝つんだ」

いつしか東の空が色を変え始めていた。

「朝が来たな……」

捌比の知らない太陽神が、光の馬車と共に天を駆け始める。その光が天空の中央に来た時が、勝負の決する時だ。

「どうする？　眠る？」

僕僕は潑剌《はつらつ》とした表情だ。その細められた瞳と、楽しげに微かに上がったくちびるの端と、すうと通った鼻梁を見て、胸のあたりがむずむずするような感覚に襲われた。

「いや、このまま起きている」

「そう？　ボクは寝る。人の体は寝てこそだ」

大きな欠伸《あくび》をしてもう一度にかりと笑い、寮へと戻っていった。むずむずした感覚が首筋にまで上ってきて、そのあたりを掻く。

体を横たえようと寮の入口まで戻ると、昔花が立っていた。

「今日は私もお手伝いします」

「そうか、ありがとう」

頷いて寮に入ろうとして、捌比は胸の奥にあるこのむず痒さを昔花に訊ねてみた。

「それは……」

くちびるを一瞬噛んだ昔花は、

「美しい、と思う心です」

「そうなのか？」

力ある神仙の時でも、天地の造化である山のかたち、木々の緑、花の彩《いろどり》を美しいと思うことはあった。だが、神仙に対してそんな感情を抱いたことはない。まして僕僕は人の形をしているのである。

「人は人で、他の人を美しいと思うことはあります」

「昔花もか？」

拋比の問いに、昔花は頬を染めて頷いた。それを見た拋比は、先ほどとはまた違う感じで、胸がうずくのを感じた。

「俺は……お前も美しいと思っているようだ」

深く考えることなく口にしていた。暗かった昔花の表情がぱっと輝く。

「あの、私……」

「今日の手伝い、よろしく頼む。詳しくはまた僕僕から話があると思う」

「拋比さま、もしよろしければ、今日はどんな料理で戦いに挑まれるのか」

「それは僕僕に言わないよう口止めされているのだ」

「……わかりました。拋比さまの仰ることももっともです」

昔花は拋比の言葉に頷き、頭を下げる。拋比が寮館に戻っていく後ろ姿を見送っていた昔花の背後に、一つの影が浮かび上がった。

「恋する気持ちはなかなか通じないね」

剪吾の前に度々現れた、あの少女であった。

「あの……拠比さまが負ければ、本当にその心を私に向けて下さるのですか」

昔花は振り返り、不安げに訊ねた。

「間違いない」

少女が自信たっぷりに胸を叩いた。

「今回の勝負、拠比は僕僕の導きで料理を学んでいる。でも、それがまるで役に立たないとわかれば、僕僕との信は崩れ去るだろう」

そっと囁くように言う。

「拠比は神仙としては水を司る偉大な存在だったかもしれないが、男としては……」

にやりと笑う。

「女に導かれなければ進めない」

「そ、そうなのよね。だから私がその手を引いてもいいのよね」

意を決したように頷いた昔花が振り向いた時、そこにはもう少女の姿はなかった。

第六章　真の美味

1

大きな昼花火が栄陽の空に打ち上がった。

どかん、という音が市中に轟《とどろ》いて、数万の群衆が歓声とも悲鳴ともつかない声を上げる。

「何だあの術は」

繊細なことに、百樹が耳を押さえている。

「牛は耳がきくんだ」

拋比の隣にいた望森が言った。給仕の中でも長を表す黒い衣を身に付けている。

「鼻がきくんじゃないのか」

「どっちもだよ。あの耳と鼻で、遠くの気配を探ることができる。だがあいつは今の姿になって食い意地ばかり張るようになったからな」

抛比は空を見上げ、空に散った煙が風に流されていくのを見ていた。天地の気を己の術力によって圧縮し、一気に解き放てば、水でも、似たようなことができる。だが——

「辺火は術力を使わず、神仙に似た力を出す方法を知っている」

「聡明なのだな」

抛比が素直に感心すると、望森は鼻で笑った。

「聡明なんじゃない。特別な力で聡明にさせられているんだ」

それが『一』の力なんだ、と抛比は思ったが、口には出さないでいた。辺火と共にある『一』の欠片《かけら》を手に入れるには、自分たちもその近くにいて機を探らねばならない。

先ほどまで花火の音に驚いていた民たちも、市の中にしつらえられた巨大な厨房を囲むように集まっている。ただ、大厨房と人々の間を、槍と剣、そして鉄の盾で武装した兵たちの壁が隔てていた。さらに数段上がった壇上には、王と大臣たちの席がある。

玉座の後ろには鉄傘を掲げた力士が立っている。もし良からぬことを企む者がいたとしても、その鉄傘と分厚い肉体が王を守るはずであった。

「大王のお出ましだ」

辺火が姿を現すと、民たちから地鳴りのような叫び声が上がった。

巨大な厨房は東西に分けられ、互いに何をしているか見通せるようになっている。抛比は西、剪吾《せんご》は東を使うよう指示されていた。

「こちらへ」

この勝負の雑務を束ねている望森が、拠比を厨房の下へと案内する。厨房も地からは一段高く、舞台のようになっている。小さな梯子で厨房へと上がるようになっていた。

「次は、お前たちの名が呼び出される。そうなったら、登っていけ」

「僕僕や昔花たちは？」

「心配するな。持ち場についている」

拠比はどこかほっとして、梯子の下に置かれた小さな椅子に腰を掛けた。

2

角笛が吹き鳴らされ、王への喝采はやがて小さくなっていった。市が静まり返り、旗幟が風にはためく音だけが残ったあたりで、望森が今日の勝負のあらましを簡単に民たちに話して聞かせる。

「良い声だ」

拠比はちょっと感心していた。広い市に響き渡るほどの声なのに、張り上げているというわけでもなさそうだ。

「梅淵《せんえん》山の拠比、厨房へ！」

名前を言われて慌てて立ち上がった。梯子を上ると、陽光がかっと照り付けた。空を見上げると、太陽がいつも以上の輝きを放っているように見える。

「いよいよだね」

僕僕がそっと寄ってきて小声で言った。

「王の厨師、剪吾、厨房へ！」

わっと声が上がる。陽光をはじき返すような白い厨師服に身を包んだ、がっちりした体軀の男が姿を現した。王の舌と胃を満足させ続け、その信頼と寵愛を一身に受け続けてきた剪吾が、新たな戦いに挑むのだ。

「続いて王よりお言葉をいただく」

そう言った官吏の男を見て、拋比は驚いた。

「あれ、抱鴞《ほうきょう》じゃないか。いつの間に王宮に入ったんだ」

「ボクが誘ったんだ。面白いよって」

「人を食う妖《あやかし》だぞ」

「ボクが人の代わりの料理を教えたからもう食べないよ」

辺火が立ち上がり、人々は一斉に頭を下げた。

「これより、梅淵山の拋比と王宮の剪吾による、料理対決を行う。余にとって、舌と腹が満ちていることは政の礎《いしずえ》である。余が満足していれば、諸君が飢えることがないのは知っての通りだ。余は無敗の王である。厨房を預かる者も常勝でなければならぬ」

王は剪吾と拠比を交互に見た。

「我が厨房を預かる剪吾に挑む者は、王に次ぐ栄誉を手にするであろう。だが挑むには、まず挑むだけの価値がある厨師かどうか、剪吾に認められねばならぬし、その勝敗には命を賭けねばならぬ」

双方良いか、と辺火は二人を見る。

「諾」

拠比と剪吾が頷くと、王は両手を上げて喝采を要求した。その喝采の中、再び角笛が太い音を発した。それが勝負の合図である。

拠比はただ一心に包丁をふるい、鍋の前に立った。豪快に、しかし繊細に、皿を仕上げていく。僕僕と共に作り上げるのは、この王と厨師が創りあげてきた料理の歴史であった。彼らが歩んできた道を、人の進化と営みを表す料理を、この場で再現する。

一つ目の皿には、血の滴るような鹿の肉が。その次には、炭火と塩だけで調理されたもの、それが、鍋で煮込まれたものへと移っていく。果実も山の枝から摘み取っただけのものから、果汁とし、またはその果汁と糖蜜でさらに菓子へと姿を変えていく。

口にして滋養とするだけなら、何故このように手の込んだことをする必要があるのか。拠比ははじめわからなかった。僕僕が言う料理の楽しさ、食の喜びも理解できなかった。

「味見を」

僕僕が匙を舐めて頷いたり、一つ助言をする。そのたびに水を加えたり煮詰めたり、火の強弱を変えたり、塩加減を整える。

拋比自身は、自分の味覚に自信がないが、料理の神仙である僕僕が笑顔と共に頷くと、何とも言えぬ喜びが湧き上がる。

だがその時、僕僕の動きがふと止まった。これまでに見たことのないほどの鋭い視線を、剪吾の厨房へと送っている。前かがみになって調理に専念していた拋比も、思わず背を伸ばしてそちらを見ていた。

「肉料理だな……」

うっすらと周囲を覆う白い脂の下には、厚い赤身の層がある。形は鹿に似ているが、それにしては膝の下が太い。その肉を干海老、干貝などを敷き詰めた甕《かめ》の中に入れ、酒を満たす。さらにクコや八角の実を甕に入れ、やがて蓮の葉と泥によって封がされた。それを蒸籠《せいろ》の中に入れる。

「何の獣だろう……」

あまり見たことのない形のように思われたが、気にしても仕方がない。

「あちらは一品みたいだ」

僕僕は盛り付けのための皿を手早く並べつつ、

「ボクたちも仕上げていこう」

と力強く言った。

それぞれの皿の上には、ほんの小さな料理の欠片が乗っているのみであった。十幾つもあるが、その量を誇るのでもなければ、華美さが溢れているわけでもない。一見、どんな味がするのかもわからない。だが、そこには僕僕が人に学んだ、食べる、という行いの変遷があった。

獣を狩り、その肉片を削り取って食べ、木の実を拾い、水でさらしただけで腹を満たしていた。そこから料理は始まった。

やがて生の食材を熱するようになり、冷まし、熟成させ、発酵させ、味を変えることで食には楽しみがあることを、人々は知った。

そして行き着いたところにある料理が最後の一皿となる。それは、辺火へ出す直前に完成する手筈となっていた。

剪吾の厨房には、剪吾以外の厨師はいなくなっていた。巨大な蒸籠が濛々《もうもう》と湯気を上げている。それだけである。拠比と僕僕の陣営のように皿が多く並んでいるわけでもない。

「この香気……」

僕僕が鼻をうごめかす。

「こんな香り、嗅いだことがない」

だが、拠比はどこかで嗅いだことがあるような気がしていた。

剪吾が蒸籠の蓋を開ける。大量の湯気が市に広がり、その湯気に含まれた香りが、人々の鼻腔をくすぐる。皆が恍惚として、兵がいるにもかかわらず前に進もうとして止められていた。厨房に背を向けていた兵たちの中にも、その香りの正体が気になって仕方ない者もいるようだった。

「僕僕ですらわからない香り……。隠し玉があるということなのだな」

「それはこちらだって同じだよ」

間もなく刻限を告げる声が響いた。

蒸籠に掛けられた火は既に落とされ、剪吾が甕の取っ手に手を掛ける。火は落とされているとはいえ、熱そうな湯気を上げ続けていることに変わりはない。

「あの男は熱に耐える術でも使えるのか」

道術の基本に、皮膚の強度を自在に変える、というものがある。基本ではあるが、神仙か力のある妖にしか使えない術だ。

「人間の体って鍛えると案外と頑丈になるみたいだよ」

僕僕が最後の盛りつけを行っている。

「料理は肉体の持つ全ての感覚に訴えかけるんだ」

その料理を給仕するのは、望森、美豊、そして昔花たち栴淵山から連れて来られた娘たちである。誰もが頬のあたりをこわばらせ、粗相のないように細心の注意を払っている。

拋比は時折、王を見ていた。肘をつき、無表情に厨房の様子を見ているが、決して退屈しているというわけではなさそうだ。時折望森を呼んでは、その調理の詳細を訊ねている様子が見て取れた。

やがて双方の料理が出来上がった。

辺火がまず食するのは、挑戦者である拋比たちの皿だ。

「一の皿です」

始めの皿が、王の前に置かれた。方形に切られた小さな鹿の肉片が一つ、皿の上に乗っているだけだ。辺火は箸を取り上げ、口に含んだ。咀嚼《そしゃく》し、嚥下《えんか》する。目を閉じ、天を仰ぎ、嘆息を漏らした。

「懐かしい」

辺火は瞳を開く。

「かつて狩人だった頃のことを思い出す。獲物をすぐさま捌いて皆の腹を満たし、血の一滴まで啜ったものだ」

そう言って目を細めた。これまで見たことのない表情である。

「拋比」

僕僕が王の表情を見て、拠比の脇腹をつついた。

「辺火はとても真面目に食べてくれている」

皿の上に一つ、何の飾りもなく乗っている肉片は、見た目でいえばこれほど貧弱なものはない。だが、辺火は厨師の意図に偏見を持つことなく味わった。

「手ごわい相手だよ」

「剪吾がか？」

「王が、だよ。きっちり食べて、断を下す。本当に自分の舌と腹に、国の政が乗ってると信じてるんだね。これは気合いを入れないと」

「気合いを入れないとって、もう作った後だろう」

「そうだった」

僕僕は小さく舌を出して笑った。辺火はその後、運ばれてくる皿を楽しみ、その度に頷き、ため息をつき、賛嘆の言葉を惜しまなかった。皿が進むたびに、料理は進化していく。簡単なものから、複雑なものへ。複雑を嫌ってまた単純なものへ。行きつ戻りつしているようで、技巧は進み続けていた。

そして、最後の一皿が出た。

角型に切られた二つの何かは、それぞれ赤と白の鮮やかな光沢を放っていた。

「これは……」

それまでの皿には、小さくとももどのような食材が使われていたか、わかるようになっていた。だが、この皿はつるんとした方形の物が二つ乗っているだけだ。辺火は鼻を近付けて、首を傾げた。

「匂いがしないな。しかも、何を材としているのかさっぱりわからぬ。色だけを見てみれば、肉のようにも魚のようにも……」

しばらくその四角い物体を見つめていた辺火であったが、赤い方を取り上げて口の中に入れた。

「ほっ……」

その目が大きく見開かれる。

「熱い」

その言葉に、人々がどよめいた。

「舌の上に置くとむしろ冷たささすら感じるのに、そっと噛み潰すと中から熱い肉汁が溢れ出てくる。不思議なことに、肉片は一つも入っていないのに、獲れたての肉を噛みしめているような滋味がある」

続いて、白い方を口にする。

「ふむ……これは予想できたぞ。肉を驚くべき形に変えて供したのと同じように、魚もこのような、思いもよらぬ姿にしてなおかつ、魚のうま味を感じさせようと言うのであろう」

噛み砕き、頷いた。

「やはり思った通りであった。拠比よ、お前は見事な腕前を披露した。さすがは栴淵山で名高い厨師である。俺がこの国を作り上げるまでの時の積み重ねを思い出させ、最後に、食の技がどれほどの進歩を見せているか、あらためて示してくれた。ただ、最後の最後で驚きがなくなったのは、少々残念であったがな」

歓声と嘆声が相半ばする。

「王よ」

拠比が一歩前に出た。望森が止めようとするが、辺火は望森の方を制した。

「何か言いたいことがあるか」

「王は今、最後の一皿は予想通りであった、と仰いました。肉と魚の形をとどめず、それでいて、その滋味を伝えるものであった、と」

その通り、と辺火は頷く。

「ですが、その一皿には肉も魚も使っていません」

拠比の言葉に、辺火は瞠目《どうもく》した。観衆たちもざわめいている。

「余は食に驚きを求めているが、偽りは求めていない」

拠比は僕僕に目配せすると、ざるに入れた各種の食材を取り出した。麦や芋を下地に、胡麻などの油を巧みに使い、獣や魚の味を再現したのだ。

「そんなことができるのか……」

「もしお望みとあれば、明日にでも再びお作りします」

「神仙の術を使った、というわけではないのだな」

拋比はぎくりとした。だが、先だっての王宮での一件で、自分に人とは違う力があることは既に明らかとなっている。

「術力の類は一切使っておりません」

「確かめる術はないが、説明を聞く限り厨房の中でのみ作り上げられたと認められる。ともかく、見事であった」

喝采の中、僕僕と拋比は顔を見合わせて頷き合った。

3

「続いて、剪吾の料理をもて」

数人の兵が、大きな甕を王の前に運ぶ。拋比の料理が供し終わるまでにかなりの時間を使ったはずなのに、甕はそれ自体が熱を発しているかのように、周囲の気を歪めている。

「俺の料理はこの一品です」

重そうな甕の蓋を、剪吾が外す。もわっと湯気が放たれ、再び市に広がる。抛比と僕僕の料理に感心していた観衆たちの心は、一気にその香りに惹き付けられた。

「いい匂い……」

戦う相手の作ったものにもかかわらず、僕僕は陶然としている。

「感心している場合か」

「素晴らしい料理に感動できずに厨師とは言えないよ。魚骨、鳥、牛、多くの茸と香草をふんだんに使って、その味が最も大きく出るあたりを調整して混ぜ合わせてある」

よくも食べずにわかるものだ、といつもながら抛比は感心していた。

「だが、それだけなら辺火は既に知っている味なのではないか」

「それだけなら、ね……」

陶然としていた僕僕の表情がふいに真面目なものへと変わった。

甕の中に柄杓が入れられ、大きな碗に汁と具材が盛られる。

「これだけか」

辺火もわずかに戸惑っている。

「剪吾、お前はこの場が何か、わかっているのか」

望森が呆れて言うが、厨師は黙って王を見上げている。

「あらゆる問いは、食された後になされませ」

「……剪吾の言葉の通りである」

辺火は匙を取り上げ、口に含む。

「ふむ……」

眉を上げ、小さく頷く。続いてちょうど良い大きさに切り分けられた肉の塊の一つを続けて口に入れる。咀嚼を示す顎の動きはなく、そのまま喉が動くのが見えた。

「何とも柔らかく煮込んであるみたいだ」

僕僕がごくりと唾を飲み込んだ。

「あれは美味いのか」

「間違いなくね」

僕僕の言葉を裏付けるように、辺火は一心に食べ続ける。拠比の皿を味わっている時は、一皿ごとに評する言葉を発していたのに、剪吾の煮込みはただ黙って食べ続けている。

碗が空になり、辺火が黙って碗を突き出す。

盛られたら盛られただけ、辺火は食べ続けた。

「何か変だ」

拠比は呟いた。辺火は無表情に食事を続けている。拠比も辺火の食事風景を見たことがある。一見、不機嫌に見えるが、黙って食べている時は満足している時であった。ただ、今はいつもと様子が違う。

「辺火は普段、あんな食べ方をしない」

拠比の言葉に、僕僕は何も言わなかった。その食べ方は、狂気を伴いつつあった。額に汗を浮かべ、くちびるの端から汁と涎《よだれ》が垂れても、ぬぐいすらしない。

王の気品も威厳も捨て去ったような食べっぷりに、観衆たちも言葉を失っている。際限なく次の碗を求め続け、やがて美豊がそれに応じられなくなった。

「王よ、もう甕には何も残っていません」

その言葉を合図に、辺火ははっと我に返る。だが、その瞳には狂気が宿ったままだ。

「これは、何だ……」

立ち上がって、己の両手を見つめる。拠比は、辺火の気配が変わり始めていることに気付いていた。空腹が満腹になったとか、その程度の変化ではない。姿は変わらない。

だが、拠比の仙骨が王の変貌に反応していた。

戎宣《じゆうせん》が人々の気が逸れている隙を見計らって駆け寄ってきた。

「僕僕、何を喰えばああなるんだ。魂魄の大きさすらも変わっているぞ。そんな食材があるとは聞いておらん……」

「魂魄の大きささすらも変えてしまう食材……。でも、だとしたら、それは人やボクらが食すべきものじゃない。剪吾が辺火に出そうとしたものは、間違ってるんだ」

「何を出したんだ」

先ほどから僕僕が拠比の問いに答えなくなっている。珍しいことであった。

「僕僕？」

「……大丈夫」

何が、と言わず前を向いたまま僕僕は言った。その間にも、辺火の気配は大きくなり続けている。その口が大きく開かれ、犬歯が狼牙《ろうが》のような光を放つ。市を埋めていた人々が、悲鳴を上げて逃げ出した。

「心を蕩《とろ》かすような味、胸を内側からかきむしられるような切なさと喜び……」

辺火は涙を流していた。

「俺が求めていたのはこの刺激だ。その正体を教えよ、剪吾……」

その時、剪吾の背後から一人の少女が姿を現した。

「お前は、誰か」

「私は剪吾と共に、王の舌と腹を守り続けてきた者です」

得意げな少女を見て、拠比と戎宣は同時に声を上げた。

「あ、あれは」

戎宣が掠れた声で言う。

「ええ……」

拠比も体が震えるのを感じた。魂魄の奥底が張り詰めて、息苦しくなる。壁を越えられないはずの、四真部の一人であることは間違いなかった。

「白仁子……」

寒露凝霜。周囲の気配を凍りつかせる圧倒的な力を持った神仙が現れた。

「辺火よ」

少女姿の白仁子は厳かに言った。

「あなたは力弱き人の王だ。だが、理由はわからぬが天地を造り上げた力の欠片をその魂魄の中に蔵した。人の心はその強さに耐えることができない。お前が血に飢え、勝利に飢え、そして新しき食に飢えているのはそれが理由だ」

王の顔は紅潮し、胸元をはだけている。その辺火の胸元に、赤い光が灯った。

「あれは……」

神仙の放つ力とは異質のものだ。だが、これに似たものを、拠比は感じたことがあった。

「拠比、あれこそそうなのではないか。導尤《どうゆう》を探していた時に、手に入れたあの力とそっくりではないのか……」

『一』の欠片は王宮のどこかにあると導尤の鏡は告げていた。

「辺火の魂魄の中に『一』の欠片があったというのか……」

白仁子は、拠比と戎宣に蔑むような視線を向けた。

「お前たちのおかげで、黄帝さまからお任せいただいた務めを早く済ませることができそうだ。炎帝さまもこれを探しているのだろう？　幻の食材を探そうなどという下らぬ嘘に騙されるのは、能なしどもくらいだ」

その言葉に、百樹たちが歯がみし、俯くのが見えた。

「さあ、人の王よ。お前の中にあるその力を私に渡せ。人には無用のものだ。人は我ら神仙のために力を捧げていればそれでよい」

白仁子の差し伸べた手を、辺火は払いのけた。立ち上がり、胸を反らす。

「勘違いするでないぞ」

険しい表情になった白仁子は、刺すような視線を辺火に向けた。

「民や臣下にかしずかれているからといって、己より力のある存在はいくらでもいるのだからな」

「そうだろう」

辺火が初めて、白仁子に向かって言葉を発した。

「俺が狩人だった頃は、あらゆるものが人より強かった。獣を怖れ、妖に怯え、神仙を崇めていた。だが、あの日、この力と出会って全てが変わった」

拠比は辺火のくちびるの端が上がっていくのを見た。

「感じるぞ。剪吾は己の枠を壊して新たな境地へ至った。そして俺の枠をも壊し、内なる力をさらに解き放ってくれる」

白仁子は冷徹な目を辺火に向ける。

「今、素直に我が言葉に従うなら、そのまま人の王でいられるよう助けてやる。ここにいる百樹、望森、美豊は力劣るとはいえ、黄帝さまの神仙であることには変わりない。お前の寿命が尽きるまで、好きに追い使うがよかろう」

「ありがたいお言葉を下さっているのかもしれないが、お断りしておこう」

「神仙の慈悲は貴重だぞ」

「以前ならな」

白仁子の周囲に、きらきらと輝く光の欠片が舞い始めた。

「人の命はあまりに儚《はかな》い。うまく立ち回らないとあっという間に失うことになる。『一』の欠片を入れ物ごと持ち帰れという黄帝さまの命だが、殺してすぐに御前へ差し出せば何とかして下さるだろう」

いかん、と戎宣が呻《うめ》いた。

「拠比、白仁子を止めろ」

「……無理だ」

「どうして」

「頑張って料理したせいで腹が減った」

がっくりとなる戎宣をよそに、白仁子と辺火が睨み合いを始めていた。

「白仁子の力が以前ほどでない。壁によって力を落としているのか……？」

抛比はそう願っていた。だが、壁は黄帝の力によって築かれたものである。もし、黄帝側の白仁子に本来の力を解放する術があれば、自分たちでは対抗できない。

4

辺火の胸元に輝く光はさらに強さを増している。

その手に、炎を廻らせた大弓が姿を現した。

「一度神仙と戦ってみたかった」

「そういうことを人が口にすること自体がおこがましい」

白仁子の周囲の光は、氷の刃となって辺火に襲い掛かる。辺火は慌てず、炎弓をいっぱいに引く。矢はないが、弦を放すと同時に、氷の刃は消え失せた。

「抛比、お前が手伝ってるのか」

戎宣が問うが、抛比は首を振る。

「今の俺にそんな力はない」

「だろうな……。だが、力を落としたとはいえ、人と四真部が正面からぶつかり合うなど」

信じられない、と戎宣は息をのんでその様を見つめている。

「あれが人だよ」

それまで黙って見ていた僕僕は、ぽつりと呟いて厨房から下りていった。

「どこへ行く」

「大丈夫」

また答えにならない返事を置いて、姿を消す。その後を追おうとしたが、白仁子と辺火の戦いも気になる。しかも、辺火が押し始めていた。白仁子は一度距離を取った。見えない炎の矢が一閃し、その白い髪を焼く。

「なるほど、これが『一』を引き寄せ、その力を引き出す人か。大したものだ。さすがは黄帝さまが手ずから作り出したものだけのことはある。だが、黄帝さまにお聞きしたことがある。神仙と人は何が違うのか。仙骨による術力と不死と、他にないのかお訊ねした」

にやりと笑う。

「人は祈りを我らに捧げる」

「だからどうした」

「心が安らかでないから、祈る。祈りを多く神仙に捧げるために、容易に心が揺れるように魂魄ができているらしいな」

そう言って、煮込みの入っていた甕を割った。中の具材はほとんどなくなっていたが、白いものがいくつか残っていた。そのうちの一つを取り出し、辺火に見せた。

「煮込みに使った獣の骨か。それがどうした」

拋比が剪吾を見た。

「獣の骨？　人も同じく限りのある命の儚き存在と考えれば、獣の一種といえような」

「……中に何を入れた」

剪吾はしばらく答えなかった。

「全ての刺激に勝るのは、禁忌だ」

「禁忌……」

拋比は二人が何を話しているのか、最初はわからなかった。

「食の禁忌とは何だ」

戎宣に訊ねると、しばらく考えて、呻いた。

「多くの獣が決してせぬこと……共食い、か」

「おい、適当なことを言うな」

拋比は戎宣に詰め寄った。人は弱く、愚かなところがあるかもしれないが、共に暮らす者を食物にするということはないはずだ。

「わしに怒るな」

辺火はさらに剪吾の説明を求めているようだった。

「剪吾は、王の歓心を得るために、最大の禁忌を冒した」

白仁子はゆっくりと間合いを詰めていく。

「お前は気付かないか？　厨房で父を支える子の姿が、今日に限ってはない」

「雪俎《せっそ》……」

辺火の顔は青ざめていた。

「どうだ、心が昂ぶり、快楽が押し寄せてくるだろう。人は獣以上に、己の血を継いだ者を愛する。お前が子を遠ざけて剪吾に預けたのも、その愛情ゆえだ」

辺火は剪吾を見つめた。そこに興奮も快楽もなかった。

「剪吾、なぜだ。何故そのようなことをした」

剪吾は歯を食いしばり、王を見返している。

「俺が喜ぶと思ったのか？」

「……王を満足させ続けることが、俺の務めだ」

そうか、と辺火は天を仰いだ。

「そこまでさせてしまったのだな……。俺は毎日毎食、剪吾の出してくれる料理に興奮し、満足していた。そして今日も、最高の興奮を覚えたよ。だが……！」

王の昂りが炎となって白仁子の冷気を溶かし、激しい白煙を上げる。息子の肉を食べてしまった辺火は、我を忘れたように怒り、叫び、白仁子に迫る。しかし、白仁子は冷静に切り返し、やがて王は膝を屈した。

「では最高の昂ぶりと共に『一』の欠片を渡してもらおう」

と白仁子のくちびるが動くのと同時に剣先が胸元を貫こうとした瞬間、

「四真部ほどの神仙なら、もっと美しく場を調理してくれると思ったのに」

朗らかな少女の声が響いた。

「僕僕……」

厨師姿の小柄な少女が、白仁子を見上げて首を振っている。

「黄帝さまのところにいる偉い神仙って、みんなそんななの？　だったらボクはがっかりだ。人が禁忌を大切にしているのは、自分たちが持っている力をよく理解している、賢い生き物だからだ。黄帝さまは彼らを賢く作ったし、もっと賢く育つことができる。そんなことも四真部ともあろう神仙がわからないなんて」

「未熟者よ」

白仁子は憐れむように言った。

「人が賢く見えているなら、お前も彼らと同じ程度に愚かだということだ」

「そう？」

僕僕は厨房の下に向かって声をかけた。ゆっくりと、二つの人影が上がってくる。桃色の鮮やかな甲冑《かっちゅう》に身を包んだ老人と、真っ白な厨師服を着た若者が、きゅっとくちびるを引き締めて姿を現した。

「ありがとう、桃稔《とうねん》。あなたが彼を隠していてくれたから、ここまでうまくいったよ」

「さすがはわしが主に選ぼうとした神仙じゃ」

桃稔は笑顔で下がる。

「辺火王、あなたは我が子を喰らったと聞かされて、心の平衡を失った。それは人として弱いんじゃない。とても普通で、美しいことなんだ。あなたは政のために家族を捨て、勝利と美食だけを友としてここまで歩んできた。最後の禁忌にまで手を出さなくても、あなたは立派な王になれる」

剪吾はほっとしたように肩を落としたが、なぜ雪姐が生きているのか、解せない様子であった。

「ボクも焦っていた。このままでは剪吾に勝てない。もし新しさで勝てるとしたら、人が決して踏み越えようとはしないはずの禁忌を破ればいいんじゃないかってね」

その考えは捨て、別の方策を僕僕はとった。

「食材の形を変えることに、ボクは熱中していた。人は食でできている。だったら、食で人を作ることだってできるはずさ」

　と片目をつぶる。究極の刺激を求めた剪吾の気配を察した僕僕は、獣の肉や練った小麦などで雪俎の体を模したものを作り、座らせておいたのだ。

「もし剪吾さんが育てた子を心平らかに殺せるような人なら、うまくいかなかった。でも、剪吾さんはそういう人ではない」

　剪吾は膝から崩れ落ち、顔を覆う。

　白仁子は歯嚙みし、辺火を突き飛ばして僕僕に迫る。だが、僕僕の体を包むように護った彩雲に阻まれた。

「残念だな。炎帝側の神仙もいるから、あまり大暴れはしたくなかったんだ。ここでお前たちを封じるようなことになると、お互いに引けなくなる」

　少女の姿が歪み、白仁子本来の雪豹《ゆきひょう》へと変じた。その様子を見て、拠比は愕然となった。その美しさが度を越え、恐ろしく醜いものへと変わっていく。

「せっかく増えた人間だが、ここで減るのも仕方がない。何より重要なのは『一』の欠片を黄帝さまに持ち帰ること」

「いかん」

　拠比はたまらず躍り出た。

「天地の水よ……」

空腹で目が回るが、僕僕の奇策を無駄に終わらせるわけにはいかない。そして、辺火と剪吾を、白仁子の手にかけさせたくはなかった。

5

「拋比、水を司るお前と冷気を操る私は、互いを高め合う良き関係だった。だが、今のお前が私に勝てると思ってるのか？」

白仁子が嘲笑する。

「無理だろうな。普段であればな！」

だが今は違う。

「人の世界ではな、勝負はやってみなければわからないんだ」

「下賤な者どもに毒されおって」

水と冷気が激しくぶつかる。辺りは吹雪となり、氷の柱が乱立した。だが、力の差は歴然で、拋比は瞬く間に圧倒される。

「神仙の勝負ごとには絶対しかないんだよ」

「白仁子よ、いつまでも古い考えに囚われているな」

「それはお前たち炎帝側の連中だ。お前を封じたあと、壁の間の人間どもは皆殺しただ」

とどめを刺そうとした白仁子の動きが、不意に止まる。僕僕も拋比も、呆気にとられてその様を見ている。

白仁子の四肢を捕えて離さない者たちがいた。

「どうなってるんだ……」

戎宣は唖然としている。それは抛比も同じだった。

「白仁子さま、人間を皆殺しにするってのはちょっと待ってくれませんかね」

望森が懇願する。

「割と気のいい連中なんですよ」

美豊も口調こそ丁寧だが、その表情は必死であった。百樹が抛比を見て、にやりと笑った。

「人は、面白いな。もうちょっと見ていたいぜ。だから白仁子さま、もう少し下がっていただけますか。俺たちが責任をもって『一』の欠片とやらを手に入れますから」

だが、その願いは聞き届けられそうにもない。白仁子の冷たい怒りは力少なき神仙たちを、瞬く間に凍り付かせつつあった。

「……全て滅ぼす」

白仁子の一声が、栄陽の都を崩壊させていく。抛比ですら耐えられない寒さが襲い掛かっていた。抛比が最後の力を振り絞り、人々を冷気から守るため熱気の膜を張ろうとする。だが、瞬時に凍り付き、塵となって消え去った。

その時である。

ごう、と厨房全体が揺れ動いた。

剪吾がその中央に立っている。

「辺火が全滅寸前だった村を救った、あの狩りの後」

彼は辺火を見て言った。

「辺火に不思議な力が宿った。だが、それは完全なものではなかった。常に飢え、その飢えを手当てしてもらわなければ、災いをもたらす力だった。そして、俺にも同じような力が宿っていた」

それは、飢えを満たす力であった。

「人の飢えを見ると、我が力は狂おしいほどに暴れる。人々を王の膝元に集め、飢えから解放された者を見る時だけが、慰めとなっていた。天地は広く、人が増える程、飢える者が増える」

厨房の竈が、激しい炎を噴出し始めていた。火の山の怒りの如く湧き上がった炎は、白仁子の冷気と真っ向から組み合っていた。

「辺火が満足せねば、人は飢える。それを見たくはなかった」

だから、雪俎に手を掛けようとした。

「実の子を喰らう禁忌があなたに与える快楽を、この白仁子は俺に吹き込んだ」

白き高仙は酷薄な笑みを浮かべた。

「そうだ。禁忌を破り、快楽に身を委《ゆだ》ねよ。神仙でないお前たちは、そうすることでようやく、力を得ることができるのだ。そして、その魂魄に蔵した不相応な『一』の力に滅ぼされるがいい」

剪吾の傍に、辺火が寄り添う。辺火は剪吾に手を差し伸べ、剪吾はその手をしっかりと握り返した。

「俺は人を超える力を欲しない」

辺火は言った。

「人の王として、人の上に、天地に君臨する」

「よく言った。さすがは俺たちの族長だ」

辺火が再び炎の弓を引く。剪吾の胸元にも、天地始原の力を示す光が輝いていた。

「去れ！」

辺火と剪吾が同時に叫ぶと、炎の矢が龍となって白仁子の冷気を貫いていく。その中央を突き破った炎龍は、咆哮《ほうこう》とともに白仁子へと激突した。

「わしは幻を見ているのか……」

戎宣は呆然と、空で苦悶する白仁子を見ていた。

「人が四真部と互角にやり合うとは」

炎の龍は白仁子の冷気を食い尽くそうとしていた。

「欠片ですら、あの力……。だが、辺火にも剪吾にも神仙の術力の源となる仙骨はないはずだ」

いくら『一』の欠片が無限の力を持っていたとしても、このまま白仁子を退けるところまでいけるのか、と危惧を抱いた瞬間、白仁子の体がびくりと震えた。力の源となる仙骨が、先ほどに数倍する輝きを放ち始めるのを、捌比は感じていた。

「いかん」

捌比と戎宣が前に出ようとするのを僕僕が引き止める。

「駄目だよ。勝てない！」

「白仁子を何とかしないと辺火たちの命も『一』の欠片も奪われてしまうんだぞ！」

捌比は戦う決意を固めていた。

人の世には絶対はない。己の信念のためなら、たとえ神仙が相手でも戦いを挑んでみせる。胸が滾《たぎ》る。

「捌比！」

僕僕がいきなり捌比の頬を張った。

「何をするんだ！」

「気合いを入れたんだよ」

「……よし、やってくる」

　意外と強烈な一発に、抛比は奮い立った。

「愚は愚を招くな。抛比ともあろうものがこれ以上醜悪になっていくのは、見ていられないよ」

　冷笑を浮かべ続ける白仁子の言葉が冷気となって炎の龍を包み、瞬時に凍らせてしまった。同時に、辺火と剪吾が胸を抑えて倒れる。冷気が心の臓に至る寸前、抛比が水の盾を張って止める。

「脆《もろ》い命を助けるとは、余裕だな。封じておいてやるから、人が滅ぶ様を見ながら己の愚を反省していろ」

　次に抛比が気付いた時には、抛比の体は厚い氷の中に閉ざされていた。

　逃げ惑う人々を、死の冷気が包んでいく。神仙は厚い氷の中でも死なないが、人は一瞬である。逃げる人々の中、二人の男だけがよろめきつつも立ち上がり、戦おうとしていた。

　ああ、本当に愚かな生き物だ。山の獣も川の魚も、己の身が危ういとなれば、全てを擲《なげう》って逃げ出す。それは限りある命を持つものにとって正しい行いだ。

　二人の男の間に、一人の少年が立った。王の子として生まれ、厨師の子として育った雪俎だ。その表情には怒りがあった。そして、どこか誇らしげであった。

驚くべきことに、美しいな、と抛比は思ってしまった。ああして肩を並べて、自らが大切だと信じる何かのために、強大な敵にすら立ち向かう。百樹たちも、そして僕僕も、彼らの心に近付いていたのだ。

これまで、自分は神仙で、人をどこか冷やかな目で見ていた。しかし、そんな必要などないのだ。人の心を魂魄の近くに感じる。彼らの命はまさに消されようとしている。僕僕が駆け寄ってきて、厚い氷を叩く。お前も成算がなくても力を尽くしてしまう手合いだったな。だがさすがに、白仁子特製の氷は無理だ。

僕僕はしきりに自分の口を指す。そりゃ腹は減っている。だがこの氷の中では食事をしようもないぞ。それでも、僕僕は執拗に口を指し舌を出した。

「舌？」

氷の中、やっとのことで舌を動かすと何かが乗っている。この味わいには、覚えがあった。仙丹を服すのは控えろ、という炎帝の言葉が脳裏をよぎった。料理で強くしたい、と言っていた僕僕が仙丹を錬成したのは、複雑な気分だっただろう。

だが、今は余計なことを考えている場合ではない。

体の中に服すと、すぐにその効験が広がっていく。

仙骨が震え、光を放ち出す。

不思議な感覚だった。仙丹には美味いも不味いもない。だが、やたらと甘く、温かさを感じた。これは薬丹だが、他の神仙が錬成したものとは明らかに異なっている。

「美味いな！」

思わず拠比は叫ぶ。分厚い氷を、その声が砕いていく。砕け散った氷の中から現れた拠比を、白仁子は冷ややかに眺めた。

「さきほどの一瞬に、仙丹を口の中に抛り込んだのか。低位の神仙にふさわしい小細工をする」

「俺の対を悪く言うのは止めてもらおう」

拠比は全身がぎしぎしと痛むのを感じていた。だが、僕僕やこの可憐な人の都を失いたくはない。仙骨から溢れ出る力が白銀の甲冑となって拠比を包む。そしてその手には、天地の水の力が凝集した大剣が姿を現していた。

「馬鹿が。今のお前の仙骨でそれほどの力を解放したら、お前の体は持たないぞ。それにこの都も……！」

「だろうな。だから、一瞬で決める」

拠比は大剣を白仁子に向ける。

「お前も辺火と剪吾を相手にして、かなり疲れているようだ。黄帝さまのもとへ戻り、しばし心身を休めてくるがいい」

「そうはいかんな。この壁の間にばらまいた人間どもに『一』の欠片は引き寄せられるようだ。それを集めて回らねば、帰ることはできん」

「引き寄せられる？　その習性を知って、お前はここにいたのか」

「おしゃべりはここまでだ」

「そうしよう」

拠比の剣が白煙を纏い、水の咆哮が白仁子を飛ばし去るのと、拠比の甲冑が崩れ落ち、拠比自身も倒れ伏すのがほぼ同時であった。

終章

厨房は今日も忙しい。

轟々と響く炎の音、侃々《かんかん》とぶつかり合う鉄と、食材が熱い油に触れる音が絶え間なく響いている。その中心に立って鍋を振っているのは、剪吾《せんご》ではなかった。

「北の靠霰山《こうさん》から十人、南の舞紺川《ぶこんせん》から二十人来ます」

厨房と食堂を繋ぐ給仕が奥へ声をかける。

「すぐに！」

答える声は、若々しい。

白い厨師服を揺らせて大鍋をふる額には、汗が光っている。

「王も空腹を訴えられています」

雪俎《せっそ》は濛々たる湯気を吐き出している厨房に開いた穴を見た。陽光は昼が来たことを示している。王都栄陽のあちこちでは、再建の槌音が響いていた。大厨房も半ば壊れてしまい、多くの民がその修理に当たっている。

都に現れた神仙の力は、人の営みをいとも簡単に吹き飛ばした。人々はその力を怖れ、より王の苛斂誅求《かれんちゆうきゆう》が増すのではないかと怯えた。だが、厨房を直す人々の表情は、明るい。

「王はどれくらいお求めだ」

「友を送るから、二人分持ってきてくれ、と」

そうか、と雪俎は一度手を止めた。

「すぐにお持ちすると伝えてくれ」

食材の中から、鮮やかな青みを帯びた香魚を四尾、取り出した。

※

王の食卓は、かつての食堂ではなくなった。

執政殿の隣に一房を設け、そこで食事を摂ることにしている。小さな卓に椅子が二つ。

王の向かいにはかつて厨師の長だった男が、旅立ちの装いで座っている。

「志は変わらぬか」

辺火が惜しそうに言うと、剪吾は微かに笑った。

「厨房のことなら心配いらん。雪俎は立派にやるだろう。王も以前ほどは口うるさくないようだしな」

た。

やがて、食事が運ばれてくる。清流を泳ぐ風味高い小型の魚、香魚に塩をし、串を打って焼いている。串打ちの時に体を絶妙に曲げてあるため、皿の上で泳ぐが如くに表されている。それは、一尾がもう一尾を追っているようにも、見送っているようにも見えた。

辺火も笑った。

「皮肉を言いおる」

「こういう工夫も、もうしなくて良いと言ってあるのだがな」

「日々に甘えず、工夫を怠らぬことは厨師として大切なことだ」

「それに飽きて俺を捨てる男が何を言うか」

「食の工夫も国に豊かさあってこそだ。それはあなたも変わるまい」

飢えさせぬために王になった男と、王を飢えさせぬために厨房に入った男は、ついに行を別にすることとなった。

「雪俎にはこの数年学んだことを全て伝えたよ。俺がどれほどの工夫をしてきたかは、拙比の出したもので、王にもわかってもらえたと思うが」

「あれがなくとも、わかっていたさ」

食材を基にして無限の変化を見せるのが、料理というものだ。人を驚かせ、心を満たし、時に狂気までも誘う。それが天地の力の源である『一』の欠片《かけら》のせいであると、白仁子という神仙に教えられたが、辺火も剪吾も、それだけのせいとは思っていなかった。

「天地を巡り、飢えと戦う、か」

「そしてもっと旨いものを探してくるよ」

香魚を骨ごと平らげた剪吾は、立ち上がった。

「それまでここに集まる民たちの面倒をしっかりみてやってくれよ」

手を上げ、さっと振ると部屋から出ていった。辺火は卓を見下ろし、ため息をついた。

追っている方の魚だけが、骨になっていた。

※

栄陽の王城が遠くに霞んでいる。

整えられた街道の脇で、賑やかな一団が食事の用意を進めていた。

僕僕は小麦粉を練り、揉んで伸ばして麺を作っている。その横では昔花が鍋を火にかけ、肉や瓜を煮込んでいた。昔花は何が気になるのか、時折僕僕をちらちら見てはため息をついている。

「しかし、この男と道中を共にするとはな……」

「何もおかしなことはない」

剪吾がどこか偉そうに言う。

「より腕のある厨師について学ぶのは、当然のことだ」

「それは違うだろ」

「ボクは嬉しいよ。剪吾さんほどの厨師と旅を共にできるんだもの」

麺を練りつつ僕僕は言う。喜んで、と言いながらその表情は複雑だ。

「やっぱり拋比には、ボクが作ったご飯で白仁子をやっつけて欲しかったな」

「僕僕が作る食事の味がしたよ」

「拋比の好きな蚯《みみず》のすり身を入れておいた」

剪吾はそれを聞いて顔をしかめたが、はっとなった。

「相手の心が何を望むか。何を好むか。それを考えるのは厨師として何より大切なことだ」

その言葉に戎宣《じゅうせん》も頷く。

「僕僕が拋比の力を解き放つために、仙丹と料理を組み合わせたのは、何かの手掛かりになるやもしれぬな」

辺火と剪吾が魂魄の中に蔵していた『一』の欠片の力と仙丹を服した拋比の奮闘で、白仁子は壁の向こうまで飛ばされ、とりあえずの平穏が戻ってきた。

辺火と剪吾の中に在った『一』の欠片は彼らから離れ、拋比と僕僕たちの手の中に転がり込んできた。拋比の懐にある三つの欠片は眠りについたように静かだ。

「白仁子がこのまま俺たちを見逃してくれると思うか？」

　戎宣が心配そうに言った。

「それはないだろうな。一刻も早く『一』の欠片を集めて優位に立ち、黄帝さまを止めねばならん」

「しかし、人が『一』の欠片を引き寄せるとは」

　戎宣は考え込んだ。

「完全なる天地の素が、何故このように弱き者のもとに集まる？」

　その時、

「麵が茹で上がったよ」

　拠比が狩ってきた鴨の骨と肉が、いい頃合いに煮ほどけている。

「栄陽の厨房でも思ったんだけど、人は食わないと生きていけないでしょ？　それをしないと死んじまうようなことを、こうして皆でできるって、いいなって思うんだ」

　確かにな、と剪吾が頷いた。

　拠比は僕僕の言うことが理解できず、黙って食べ続けていた。やはり美味とは思えない。ただ以前と違うのは、この味にするためにどのような努力や手間がかけられたかは、ある程度わかるようになったことだ。

「楽しいね」

拠比の隣に座っていた僕僕はぽつりと呟いた。

「こんなに楽しいけど、これではあの白仁子っていう神仙に勝てない」

僕僕はじっと碗を見つめていた。

「ねえ、やっぱり神仙は仙丹を服さないと強くなれないのかな」

「一応そういうことになっている」

「拠比は仙丹の作り方を知ってる？」

「それはもちろん」

ただ、今ほど仙骨の力が弱められていては、仙丹を錬成することもできないし、もしできたとしても魂魄が耐えられないだろう。

「それでも教えて欲しいんだ」

その気迫に、拠比は思わず頷いた。

「今の力で伝えられることは少ないぞ」

「それでも構わない。ボクの料理で拠比に満足してもらいたいのは変わらないけど、強くなってもらいたいもの。仙丹と料理を組み合わせるやり方を、探っていきたいんだ」

僕僕がぐっと気合いを入れると、ほとんど空になっていた鉄鍋が音を立てて割れた。

この作品は「yom yom」vol.36、38、40に掲載された。
刊行に際し、改題の上、大幅な加筆・改稿を行った。

新潮文庫最新刊

A・A・ミルン
阿川佐和子訳
ウィニー・ザ・プー
クリストファー・ロビンと彼のお気に入りのクマのぬいぐるみ、プー。永遠の友情に彩られた名作が、清爽で洗練された日本語で蘇る。

J・アーチャー
戸田裕之訳
剣より強し（上・下）
―クリフトン年代記 第5部―
ソ連の言論封殺と闘うハリー。宿敵と法廷で対峙するエマ。セブの人生にも危機が迫る……全ての運命が激変するシリーズ第5部。

R・キプリング
田口俊樹訳
ジャングル・ブック
オオカミに育てられた少年モウグリは成長してインドのジャングルの主となった。英国のノーベル賞作家による不朽の名作が新訳に。

M・H・キングストン
藤本和子訳
チャイナ・メン
沈黙の奥へと消えていった父祖の声に想像力で顔と名前を与える――。移民文学の最高峰が奇跡の復刊。《村上柴田翻訳堂》シリーズ。

C・ウィルソン
中村保男訳
宇宙ヴァンパイアー
妖艶な美女の姿をした謎の宇宙生命体との死闘……奇才が放つ壮大なスペース・ホラー小説を復刊。《村上柴田翻訳堂》シリーズ。

山口 遼 著
ジュエリーの世界史
ティファニーやカルティエなど著名な宝石商の実像、ダイヤの値段の決まり方から業界人がアドバイスする正しい宝石の買い方まで。

イラスト　ねこいた
デザイン　川谷康久（川谷デザイン）

王《おう》の厨《ちゅう》房《ぼう》

僕僕先生　零

新潮文庫　に－22－32

平成二十八年七月一日発行

著者　仁《に》木《き》英《ひで》之《ゆき》

発行者　佐藤隆信

発行所　株式会社新潮社

郵便番号　一六二―八七一一
東京都新宿区矢来町七一
電話　編集部(〇三)三二六六―五四四〇
　　　読者係(〇三)三二六六―五一一一
http://www.shinchosha.co.jp

価格はカバーに表示してあります。

印刷・錦明印刷株式会社　製本・錦明印刷株式会社

ISBN978-4-10-180068-4 C0193